g

hing

Everything
is
as touching
as y

Everythi
as touching

湖南文艺出版社
HUNAN LITERATURE AND ART PUBLISHING HOUSE

博集天卷
CS-BOOKY

自序

我很少看序，又难免以己度人，便认为很多人也不看。是或不是，我倒无心证明，只是建议阅读这本书之前，还是先看看序吧。至于原因，说出来有些小题大做，仅当这篇序是印在泡面袋子上的食用方法，按照方法也许会让这碗泡面好吃一些。

决定出版这本书，是今年五月份了。而这本书的最后一篇文章，是去年六月份写完的。其间这一年时间，哈哈，不好意思，我又抑郁啦，原因依旧不明。这不是我要说的重点，重点是这一本——用过时的话讲——充满正能量的鸡汤，让抑郁时期的我深感恐惧：我竟然写出了这种鬼东西。也就因此搁置了下来。

现在是缓过来了。再看，虽然会因为当时过分掏心掏肺而害臊，但绝不会再鄙夷自己了。就好比被电影感动哭的人，过后虽然会觉得丢脸，

2　但内心是有小确幸的吧：我竟是这么样一个可爱的人。

那么，抑郁中的我，为什么会鄙夷我写的这本书呢？

前段时间上课，某位老师提到一个很有趣的词：叙事。这个词将会成为我的核心词汇之一，重要程度堪比《头脑特工队》里的核心记忆。因为它几乎解释了我这些年来的极大部分困惑。

按照我的理解，叙事，往消极了说是借口，往积极了说是看法，往狭隘了说是理由，往宏大了说甚至可以称为信仰。

举个例子：我爱你。当我认真讲这句话时，其中隐含的一个叙事便是：我相信爱是存在的。这构成了我爱你的前提。而认为爱是不存在的人，便会觉得"我爱你"很蠢，甚至会觉得很恶心。

那么到底谁才是对的，爱到底存不存在呢？

没人能证明有，也没人能证明没有。

明白我的意思了吧——在与"人"相关的万事万物中，人是永远无法得知"真相"的。也因此，人是一种只要活着，便会不自觉地找寻出一套自己能够信服的叙事来作为真相的生物。

我认为努力不一定会成功，但肯定比不努力概率大。我认为努力根本没有用，一切都是基因和天赋决定的。我认为再相爱的两个人，也要经历磨合的过程才能好好生活在一起。我认为人的本性是不会变的，所以两个人不合适就绝不能勉强在一起。我认为人有了理想之后，虽然不确定能不能成真，但确实会让生活变得更充实，更有活力。我认为理想这个概念本身就是假的，是人的盲目和贪婪催生出的遥不可及但又无法割舍的假象。我认为做一个能让身边的人感到幸福的人，是我人生最重要的意义之一。我认为人永远是自私的，即使想让身边的人幸福，最终目的也是让自己获得愉悦……这些叙事，这些从我们遭遇的经验中得来、从我们认可的论断中捕获的"我认为"，到底哪些才是可靠的、永恒的，是所谓的"真的"？

没有人知道，也许都是，也许都不是。

并且，随着年龄增长，我们会不自觉地换着一套又一套叙事方法。虽然无法得知是往消极方向换，还是往积极方向换，但肯定都是从武断

往谨慎、从简单往复杂的换。

还记得十八岁那个最简单的叙事"我们会永远在一起"吗？现在听到是感慨还是害臊呢？现在是怎么认为的？是"虽然没能永远在一起，但你用另一种方式在我心里永存——我现在笑容这么开朗，一定是因为模仿了你当年的模样"，还是"永远它就是个屁"呢？

你愿意相信哪一种叙事？

前者是积极的，后者是消极的。积极叙事让人快乐、安心、舒坦，有能量。那么为什么也有人宁愿选择消极叙事呢（我在这里必须排除掉抑郁症患者，我认为对他们来讲没有"愿意"一说）？因为消极叙事，从某种层面上讲也可以让人感到快乐。

至于快乐的原因，一种是受过伤的，选择消极叙事可以产生已经放下过去的成就感，跟过去的自己挥刀诀别的痛快感，当然其中也有的人，还会产生过来人讽刺没过来人的居高临下感，自认比其他人更加接近真相的高人一等感；还有一种是没受过伤的，选择消极叙事的目的就单纯多了，只是为了彰显自己很决绝，很厉害，很酷。"别在我的坟前哭，脏了我轮回的路。"你看，多决绝，多厉害，多酷。

抑郁时期的我，会鄙夷我写这本书的原因，也是因为我的叙事方法，随着我不受控制地胡思乱想，每天都在不受控制地更换着，越换越黑暗，越换越消极，最终成为彻底消极、否定一切的万物皆虚。那时的我看到这本书，就好像在听一个智障大言不惭地称："智障最幸福。"

好在我已经缓过来了。缓过来的原因，也是因为碰巧出现了一个能够令我信服的、非常厉害的好叙事方法。至于是什么，那可有的讲了，留待下次吧。

总之这本书，在我眼里也重新可爱了起来。

写这本书的我，在我眼中，也从一个智障恢复成为一个致力于从经验中挑出美好的部分，推导出一个个积极的、好的故事的可爱的人了。虽然这世间的故事那么多，该相信哪一个，我无权干涉，但有时候，人在绝望、忧愁和迷茫时，缺的正是在一个合适的时机，碰巧看到合适的故事。

我希望这时候出现在你面前的，不是我所遭遇的万物皆虚，而是我用心让你去相信的，万物和你一样动人。

飞行官小北

2016 年 6 月 20 日晨·福冈

Everything
is
as touching
as you.

目录
Contents

万物
和你一样动人

Everything

is

as touching

as you.

平和

Everything is as touching as you

01

PART ONE

-PART ONE-

希望我们
是永远的朋友

也许我们会相逢到老，也许我们会曲终人散，但无论怎样，我还是要谢谢你们，谢谢你们肯在我这里留下一部分岁月，也谢谢你们肯收下我的年华，我现在笑容这么开朗，一定是因为模仿了你们当年的模样。

　　我是个朋友不多的人。虽然不多，但知心的有一两个。我们无话不谈，心有灵犀，且永远不可能翻脸。即便工作太忙不常联系，再见面也绝不生疏。每念于此，我便已心满意足，别无他求。

　　你是不是以为我会这么说？不是，我不打算这么说，因为这不是真的。

　　有那么一段时间，我嘴里特爱蹦"发小"这个词。这是从北京话里偷学来的。每逢提及那几位关系较好的老朋友，我都会说：这是我发小。也不知为什么，念出这俩字的感觉特棒，牛气哄哄的，好像在说我从小就没孤单过。刚查了一下百度百科，是这样解释的："发小是北京方言，指父辈认识，从小一起长大，大了还能在一起玩的朋友，一般不分男女。"

　　但其实我没有发小。我口中的那几位发小，仅是我的高中同学。父辈们不认识，也没有从小一起长大，只不过恰巧进了同一所高中，同一个班级，玩得比较好，现在还算有联系的高中同学。后来再想，这跟炫富一种心态，只不过炫的不是财富，是朋友。是的，有朋友对我来说很值得骄傲。不是有这么一句话吗：人越缺什么就越爱炫耀什么。虽不能一概而论，但在这件事上是成立的。可能我从骨子里，就是一个怕寂寞的人吧。

　　我到现在仍对十多年前的一件事心有余悸。事不大，但戳中了我的痛处。那时我上初二，某节英语课上老师提问：谁想用英语介绍他最好的朋友？没有人举手，我也没举。但很不幸，我被点了名。那时我还不懂，老师提问时要尽量避免跟他眼神接触。我哆哆嗦嗦站起来，环顾四周，在六十多张面孔里寻找我最好的朋友。我没有找到，因为我不知道谁是我最好的朋友。最终，我硬着头皮指了某位男生。我能看出他也是硬着头皮站起来的，因为我俩都心知肚明，我们就是顺路放学一起走的关系。

我之所以还对此心有余悸，是因为当我扪心自问，或当我被问及类似的问题时，我仍旧答不上来。前几年倒是不这样，我有很多朋友，其中有很多是我最好的朋友。

首先说说那几位发小吧，也就是我那几位高中同学。为描述方便，我还是继续管他们叫发小了。我的发小一共有三位，其中两位现居老家，另一位在南方。我们的关系于多年前同去乌镇游玩达到峰值。乌镇风景还好，但那是我最高兴的一次出游。我们还由此得出一个睥睨天下的结论：旅游开不开心不取决于风景，而是取决于身边的人。乌镇的最后一夜，我们就着月色，兴冲冲地做了决定：之后的每一年，我们都要去一个地方旅行，明年是成都，后年是大理，再后年是香港，再后年是海南……

但我们再没有一起去过任何地方。

其实在乌镇之后的第二年、第三年，我是提议过的，只不过发小们凑巧都有事，不是这个忙着考研，就是那个没有年假，因此没有响应起来。虽然有失落吧，也绝对能理解，毕竟这些因素不是他们能决定的。你不能让他们放下一切跳出来，陪你仗剑走天涯。大概从第四年开始吧，我终于失去了继续提议的勇气。不是因为不期待和他们一起出游，这可能永远是我这辈子最期待的事情之一。而是因为，咳，说出来挺不好意思的，因为我在朋友圈里看到他们各自的旅游照，和他们生活中出现的新朋友。

噢，原来是这个样子啊。

这就是我当时的第一反应。没有生气，也没有难过，就是恍然大悟，接着是一连串的自责：怎么这么傻，这种事应该早点想到。我怎么这么自恋，以为一些人就不能被另一些人替代呢。不过就算不能一起旅行，也不算大事。毕竟我们无话不谈，心有灵犀，且永远都不可能翻脸。即便工作太忙不常联系，再见面也绝不生疏，对吧。

前年过年回家，因为各种机缘巧合，我终于把这几个好久没见面的发小凑齐了。大家都很开心，也很兴奋，纷纷在群里讨论去哪里吃饭。终于，我们选定一家曾经都很喜欢的馆子，期待这场意义重大的相逢。不行，我写着写着都要笑场了，因为那天简直是个灾难——太难聊了，真的太难聊了，还不如跟客户开会好聊呢，简直像四个陌生人凑了一局，连酒都没办法救场。除了生活中所关心的事物、困扰我们的实际问题不一样了之外，我们甚至连曾经引以为傲的、充满默契的语法、节奏、笑点都不一样了。唯一肯撑场面的，只剩下我们硬着头皮翻来覆去讲的，那点可怜巴巴的过去。

6　　　　原来不在一起生活，是如此可怕的事情。

　　就是从那一刻起，发小、死党、最好的朋友之类的美好字眼，我再不敢大言不惭地脱口而出了。可我真想说啊，真想搭着某人的肩膀，气宇轩昂地对周围的人宣称：这厮跟我有过命的交情。不过后来，我学到一种新的方法来满足这份虚荣心，那就是在这类字眼之前加上定语，比如这是我上高中时最好的朋友，这是我大学时期的死党，这是我工作之后遇见的最能聊得来的人。

　　是不是挺有趣？

　　再后来，成都、大理、香港、海南这些地方我都去了。有些是我一个人去的，有些是和另一些朋友去的。可能是我对乌镇印象太深，每每出行，我脑袋里便会浮现那句"旅游开不开心不取决于风景，而是取决

Everything is as touching as you

于身边的人"，便会不由自主地想到他们，想到此刻如果陪在身边的人是他们，会是怎样。直到几年后我又一次去了乌镇，这种心态才缓解过来。

去年夏天，我因为工作安排在上海停留，恰好几位北京的朋友也在，我们便决定去周边自驾游。挺莫名其妙的，也算情理之中，我提议去乌镇。我说我去过乌镇，乌镇的月色很美，我想再看一次。他们也欣然同意。我当时并没有意识到，会跟这几位北京朋友玩得那么开心，开心到我甚至愧疚了，像是跟谁偷了情。或许是为了承认错误，也或许是因为心有余温，我把沿途拍下的景色发到那几位高中同学所在的群。其中一位回复说，怎么去乌镇都不叫我们，旁边配了个撇着嘴、有些委屈的小表情。我回复说，这次正好在附近，下次咱们一起去。他们说，一定啊。

但我知道，他们或许也知道，我们这辈子可能都没有下次了。

由此，我似乎再不会对"永远的友谊"和"最好的朋友"耿耿于怀了。这当然不归功于乌镇的月色，还是归功于人，归功于我在我的生活里，遇到的另一些很好的新朋友。上次跟朋友喝酒时聊到过这个问题，他算是解了我的惑。他说他跟后来认识的新朋友更有默契和感情，因为有的选，总要好过没的选。

那些在年少时因为上学顺路、坐同桌、住同一间宿舍而认识的朋友，当然会日久生情，甚至情分不浅，而等到这份牵系消失，或是当

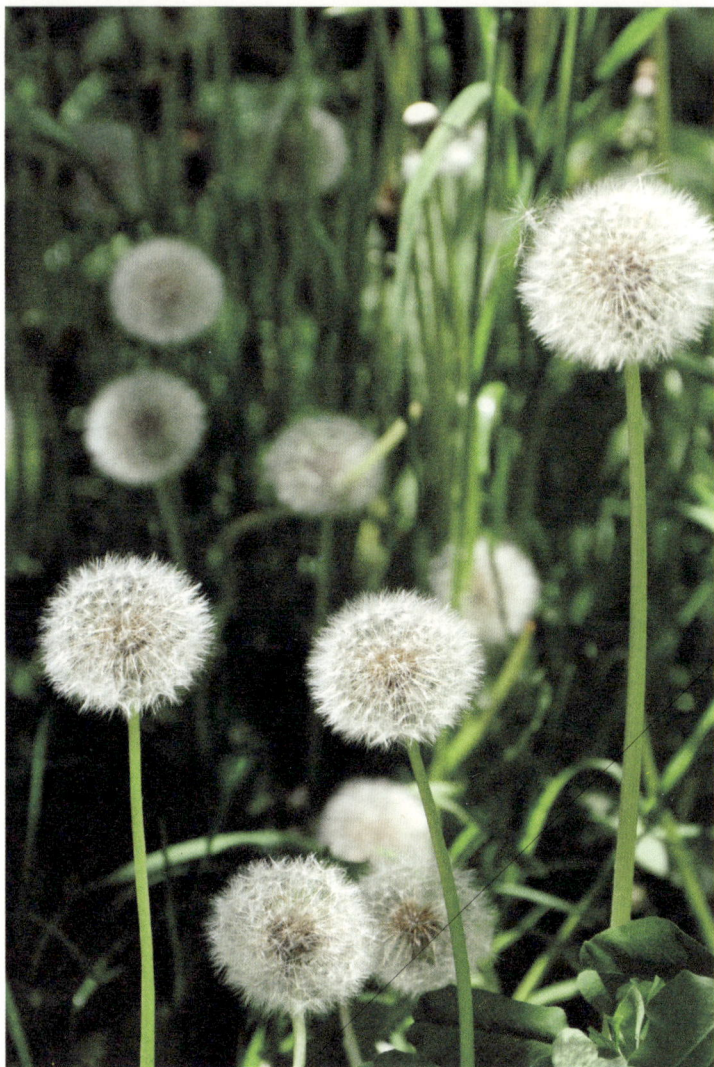

相对于风一吹就散了的散沙，我们更像是
飘落到别处的种子，各自扎根，扎根于不
一样的土壤，各自生长，生长成不一样的
模样，今后很有可能也会各自老去，消失
于不一样的地方。

那段岁月结束，这段情分十有八九也就完结了。当然也有例外，这就要看缘分了，缘分是三生有幸不可强求的事；而后来认识的朋友多因三观相近、语法契合、兴趣爱好有交叉（可能最主要的还是笑点一样），彼此自主选择成为朋友。

两情相悦的，总是要好过境遇安排的吧。

按照在朋友前添加定语的说法，我后来认识的朋友该被称作：自我离开校园后，在天南地北结识的，对黑暗惴惴不安、对光明信誓旦旦的，以爱好为工作，并且财力相当不至于窘迫的，能够随时喝酒胡闹到深夜，或者来一趟说走就走的旅行的，以生活本身为乐趣、以自我成长为成就的，让我欣慰有这样美好的人存在世界就还算有救的一群人。（当然，还得加上笑点一样。）

我非常怕像失去老朋友那样，不知不觉又失去他们。人与人之间的不知不觉实在可怕，相当于一场慢性的分道扬镳。虽然我深知等候在尽头的很有可能依旧是失去和离别，却还是会努力让大家在通往尽头的路途中走得再慢一些，在平行甚至背道而驰的方向上相逢得再多一些，彼此影响，彼此进步，彼此慰藉，彼此理解，在这条本该踽踽独行的孤单大道上有个照应。说句过于理想化的话，甚至能老死互相往来。

我相信很多人应该都跟我一样吧，虽然永远被"永远"扇着耳光，但也永远对"永远"趋之若鹜。也因此，对于那几位我不敢再称作发小的高中同学，总感觉到惋惜。虽然我们连坐在一起吃饭都无话可聊，这辈子也可能再没机会一起去旅行，但我可以肯定的是，我们绝不是不在乎对方了。

绝不是。

和发小们（请容我继续称他们为发小吧）吃过那顿令人尴尬万分的晚饭之后，从南方赶回来的那位给我打了电话。我当时正走在回家的路上，天气依旧很冷，心里却慌忙一热。发小喘着粗气，应该是酒劲还没过，我喂了好几声也没有开口。突然，他问了我一句话，听声音像是带着哽咽。他问我，我们怎么了。听到这句话，我当时就不行了，一下子蹲了下来，在空无一人的大街上号啕大哭。我边哭边说，我也不知道。

我当时是真不知道，可我现在知道了，我们绝对是彼此在乎着的。从我们见到面的那一刻，脸上露出的笑容和眼里发出的光就能看得出来，这种一上来就想先来个拥抱解解念想的热忱假不了。只不过，我们不一样了。谁都没错，但就是不一样了。相对于风一吹就散了的散沙，我们更像是飘落到别处的种子，各自扎根，扎根于不一样的土壤，各自生长，生长成不一样的模样，今后很有可能也会各自老去，消失于不一样的地方。

但有一些东西，是老去也抹不去的。

　　我一直对《蓝色大门》里张世豪的一句台词念念不忘，这句台词我引用过无数次："总是有东西留下的吧，留下什么，我们就变成什么样的大人。"我想在这儿对那几位发小，对我现在所结识的朋友，以及我在未来有幸结识的你们说一句——也许我们会相逢到老，也许我们会曲终人散，但无论怎样，我还是要谢谢你们，谢谢你们肯在我这里留下一部分岁月，也谢谢你们肯收下我的年华，我现在笑容这么开朗，一定是因为模仿了你们当年的模样。

　　希望我们是永远的朋友。

月色很好

能够致幻的五大气象之一。

其余四种分别为阳光正好、春风拂面、天气晴和星星多。

具有强烈的萌生感情、催发感念的作用。

空无一人的大街

在人们的印象中，街道通常作为热闹的存在。

因而当其空无一人时，便会引发时过境迁、物是人非的萧索感。

建议泪点较低的人绕道而行。

Everything is as touching as you

02
PART TWO
-PART TWO-

你当然是
好孩子

别着急，也别哭泣，耐心地等待吧，等你摸清楚这个世界的规律，想明白这个世界的玄机的时候，等你这份难能可贵的真心经受住世事考验的时候，你一定会重新变成那个爱笑的孩子的。你所有的连上天都看不到的付出，都会以你意想不到的方式回报你的。

你又哭了。又是因为工作的事。这已经是我发现的第三次了。第一次是你红着眼眶从公司卫生间出来。一问才知道被上司批评了。哭不为被批评，而是为自己没做好。再一次是下班后叫住你时，你停下来却没转身，偷偷摸摸擦眼泪。听你说是被同事挤对了，你开会发表意见，被议论想上位。而这一次是因为老板失约，没有照约定时间签字，没签字你就打不了款，打不了款作者就会催你。你受不住责问，只好垫自己的钱，但几千块对你不是小数目，只好向我借。你哭着对我再三保证，如果老板迟迟不打款，你就用下个月工资还。

唉，怎么说呢？认识你好几年了，总感觉有很多话想对你说，也总不知从何说起。我记得上次喝完酒没忍住想说两句，刚开了个头，说你给我的第一印象和现在完全不同就被你制止了。你怕听完后就不喜欢自己了。

真是个玻璃心啊。

这句话我没说出口，不是怕伤害你，是嫌浪费口舌，因为你可能比谁都清楚。你曾笑嘻嘻地说，我知道我是玻璃心，但我也没伤害谁呀，对不对。

对，这个我承认。我知道你这辈子最怕的就是伤害谁，怕得要死，别人嫌你挡了无线网，你就流着泪去减肥。我也知道你为什么怕。因为你啊，从小就生活在健康友好的世界里，那个世界，没让你受过一丁点伤害。

你身边的人，尤其你的父母，一定是很好的人。你的爸爸，可能不是"富一代"，可能也不是"官一代"，但一定是位疼爱妻女的男人，把你妈妈放在心底，把你捧在心尖儿，平日里将你俩逗得哈哈大笑，关键时刻保护你们不受伤害。你的妈妈，可能不是大美女，可能也不是大才女，但一定是位温婉善良的女人，笑起来能驱寒的那种。除了严格把控着你爸爸和你的三观，她做的饭一定也很好吃，将你爸爸的肚子都养圆了，同样圆起来的还有你的脸。

当然，你身边的朋友一定也很好吧。你们值得怀念的日子，三天三夜都回忆不完。你的朋友里一定有这样一位男生，对你超级无敌好，很多年以后你才知道，他那时喜欢你喜欢得发狂，你却被蒙在鼓里，什么都没有问，他也什么都没有说，对你一如既往地好，好到他有了自己的生活，或者你有了自己的生活。你的朋友里一定也有这样一位女生，跟你超级无敌铁，你自豪地称她为老公，她也自豪地称你作老婆。复习功课时，一想到上大学可能会和她分别，你的眼泪一下子就涌出来，吧嗒吧嗒落在作业本上。直到多年以后你才明白，当时的担心是多余的，你们啊，命中注定是对方孩子的干妈。

你从小就被这些真诚和友好的人围绕着，所以啊，你就会以为世界应该就是这个样子的，你就会希望世界永远是这个样子的。在你的世界里，天空是粉红色的，大便也是粉红色的，拉粉红色大便的时候，粉红色天空会飘出仙乐。人和人之间也一样粉嘟嘟的，永远心平气和，永远友爱团结，谁不小心踩着谁的脚，一个会说不好意思我眼睛太小，另一个会说没关系也怪我脚大。

但世界不是这样的，你自己，也慢慢意识到了吧。

从你走入社会的那一刻起，突然，一切都变了。天空变成了灰色，大便也变成了大便色。或者应该这样说，不是变了，而是原形毕露了。人们的表情冷峻起来，举动小心起来，距离也远了起来。你像是从儿童泳池游进了深水区，突然就没底了。而守护你的那些人，有的远在家乡鞭长莫及，有的和你一样，正被这个世界的本来面目吓得四处流窜。

所以啊，你这个小时候没写完作业都会害怕一晚上，第二天哆嗦得跟要被杀头似的小姑娘，突然就变成了犯人，世界突然就变成了一座专门审你的大衙门，所有人都是你的县太爷，都有权利给你扔一道斩立决的令牌。也因此你才从一个爱笑的小姑娘，变成一个爱哭鬼，偷偷在卫生间哭，在路上哭，在卧室里的门背后哭，在不介意你哭的我面前哭，边哭边小声说，你想回到小时候。

唉，其实相比你的哭，更让我心疼的是你擦干眼泪之后的那句话。你像要吃人一般，瞪着发红的眼睛、恶狠狠地撂下的那句话。你说，我可不能像他们一样伤害别人。咳，这算什么结论啊，你都被欺负成这样了，怎么能得出这么人畜无害的结论呢。我说你怎么就这么惹人疼呢。

我这么夸你的时候，你羞涩地笑了一下。我知道你在笑什么，你笑自己其实也没那么惹人疼。因为曾有那么几个瞬间啊，你想过报复，报复那些伤害了你的人。你偶尔会在一个人坐地铁时，一个人吃饭时，一个人加班时，抽空想象一下自己以眼还眼、以牙还牙的样子，不论是把老板们打得屁滚尿流，就是把小三们抓得满脸道道。有时候想着想着，还会下意识在空中来一记左勾拳，右勾拳，吼一句"惹毛我的人有危险"。

真解恨，是不是？可想象归想象，你心里却清楚，这种事啊，你这辈子都做不出来，不是不愿意做，就是做不出来。一想到这儿，你虽然对自己有些失望，但也多了一份安心。

这就是你最珍贵的地方，你肯定意识不到吧——无论世界怎么对你，你都对这个世界温暖如初。我知道这样的夸奖不会令你开心。你肯定会说，谁要对世界温暖如初啊，正相反，你要把世界搅得天翻地覆，要挽着大款的手从前男友面前走过，要用骗来的钱包养好多小白脸，还要混入公司高层，对曾经欺负过你的人颐指气使呼来喝去，对曾经看不起你的人说一句没关系我也是没把你放在眼里……说，继续说，看你还能说成什么样。就算你说出花儿来，我还是一眼就能看穿你。

你啊，天生就长了一张期待岁月安然无恙、盼望世界其乐融融的脸。

你啊，天生就长了一张期待岁月安然无恙、盼望世界其乐融融的脸。

　　我知道你不想一眼就被看穿，嫌太幼稚。你还是希望能成为一个厉害的人。但说句实话，你啊，比这个世界上很多厉害的人要更厉害，要更珍贵。这不是我张口胡说，我是有证据的。

　　还记得你因为周杰伦跟我大发脾气那次吗？那次听完周杰伦的新专辑，我随口说了句"好像没以前好听了"。你就炸了，头发根根竖起，眼睛也瞪圆了，指着我的胸口一字一顿地说，永远都不许讲周杰伦的坏话。我赶紧解释说不是坏话，但话没说完，你就捂起耳朵，扯着嗓子跟我表演周杰伦红歌大串烧。说句实话，看到你这副模样，我真想使劲捏起你的脸颊来回晃，让你坚持了半年的瘦脸按摩全白费。我就不明白了，他周杰伦再好，也没在你面前哄你开心，也没在你缺

钱时给你救济，你怎么能为了他而威胁我呢，还是点着我的胸口威胁

的，你对得起我对你的好吗？

但我后来一想，又觉得你真可爱。现如今心中还有愿意守护的东西，并为这些东西拼尽全力的人不多了。我之所以觉得具有这种品质的人很厉害，很珍贵，是因为我已经不是这样的人了，这世界上的大部分人也已经不是了。我们得过且过，苟且偷安，虽不至麻木不仁，但也不会为一些人间小事感动到热泪盈眶，为一些人间大事气愤到怒不可遏。我有时候甚至想，你这样的人说不定是全人类最后的希望，说不定等到哪一天，当整个世界变得满目疮痍、寸草不生的时候，你能让世界重新开出花来。

但是，终于出现"但是"了。"但是"后面的话通常都不好听，但是我依然想说给你听，这也是我一直想对你说的话。虽然你很珍贵，也很厉害，但首先请一定要保护好自己，这是大前提。一个人走夜路、随便给陌生人开门等等，这些事情的后果，相信你在新闻上也看了很多，我就不啰唆了。我想对你说的是其他方面，关于你经常为之哭泣的那些人、那些事。

首先我得向你坦诚，长大后的世界的确很糟糕，但绝没有你想象中那么糟糕。长大后遇到的人，同样也没有你想象中那么糟糕。大家只不过不是从人情的角度出发，而是从利益的角度出发了而已。因为在成年人的世界里，人情比利益更不可靠。你看到的那一张张漠然而锋利的脸，无一不是被人情辜负过来的，他们藏在心里的委屈，和你

受过的委屈相比简直是触目惊心。也因此啊，大家最终都选择先以利益来衡量价值，因为利益有就是有，没有就是没有，干净又透明。利益往来间，合作愉快的才能慢慢产生情分，不愉快的当然就逐渐会有分歧，这是再自然不过的事了。所以得在这儿给你提个醒，你在这个社会上喜欢谁，欣赏谁，就尽量不要跟谁建立利益关系，因为谁也不能保证自己在利益面前是什么嘴脸，包括你在内。你只需牢记一句话：在这个世界上，你不欠谁的，同样，谁也不欠你的，就可以了。

但请一定不要因此就觉得世态炎凉，一定不要因此就不真心了。当然，不是说真心是为了换取真心，而是说换取真心不该成为你真心的目的。如果非要说清楚真心的目的，那么唯一的目的该是，让你自我感觉良好。

你应该慢慢体会到了吧，在待人接物、为人处世上，自我感觉良好有多重要。我们身上所具有的一切能力和美德，几乎都是在自我感觉良好的时候被激发出来的。虽然我这么说有些理想化，但我是真心的，哈哈。其实劝你真心还有另外一个原因。那就是不真心实在是太容易被识破了。公司里对老板曲意逢迎的人，生活中对朋友虚情假意的人，你能看出来是假的，其他人也能，你会讨厌他们，其他人也会。如果他们能够获得大众意义上的成功和幸福，那一定是他们同时也在其他方面努力着，而绝不只因为他们曲意逢迎和虚情假意。不过我倒是不担心这一点，要让你不真心啊，比让你说周杰伦的坏话还难。

咳，说了这么些真心又没用的东西，也不知能不能让你开心点。那么再说两句肯定会让你开心的吧，依旧是关于你很厉害、很珍贵的事。

应该是去年春天，我和你走在一条种了两排柳树的小街上。你看到几个小学生正爬在一颗弯了的柳树上晃啊晃的。咱俩本来都走过去了，你突然又停下来，转过身，绷着脸对那几个小学生说，都给我下来，不许破坏树木。现在的小学生也不是省油的灯，依然嬉皮笑脸地坐在树上，完全不拿你当回事。你从兜里掏出一张工作证，像是拿着尚方宝剑那样对他们照了一下，说，我是城建局的，再不下来就把你们全部带走。我目瞪口呆地望着他们逃跑的身影问，你什么时候换的工作？你得意扬扬地把工作证凑到我眼前——嗬，公交卡啊。

看，多厉害、多珍贵的一个人。不但不计前嫌，对这个世界温暖如初，也在尽自己的力量，维护这个世界的和平。你这样的好孩子，不幸福的话简直天理难容。所以啊，别着急，也别哭泣，耐心地等待吧，等你摸清楚这个世界的规律，想明白这个世界的玄机的时候，等你这份难能可贵的真心经受住世事考验的时候，你一定会重新变成那个爱笑的孩子的。你所有的连上天都看不到的付出，都会以你意想不到的方式回报你的。

所以啊，借我的钱什么时候还？

你看到的那一张张漠然而锋利的脸，无一不是被人情辜负过来的。

在这个世界上，你不欠谁的，同样，谁也不欠你的。

Everything is as touching as you

03

PART THREE

-PART THREE-

那个人
等你好久了

真正的好朋友，不是永远其乐融融，永远风平浪静，而是在即使因为一件事讨厌对方的时候，也心知肚明只能讨厌一小会儿。又欢喜又无奈，一边翻着白眼，一边在心里叹息"我可拿你怎么办呦"的那种——没办法，习惯了嘛。

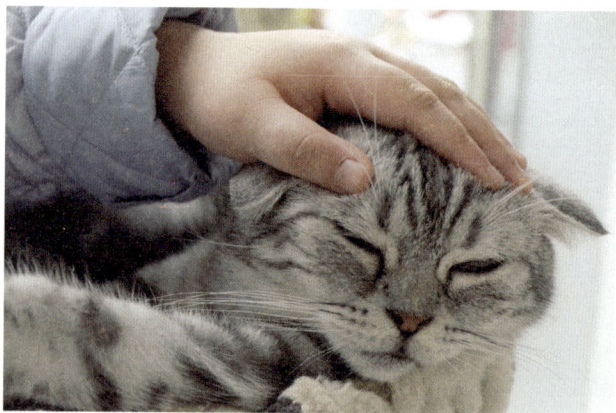

　　我在北京遇到过很多来自天南海北的人，发现一种很有趣的现象：这些来自天南的人基本上都去过海北，却没有好好游历过天南，来自海北的人也是。没有爬过华山的陕西人，没有去过桂林的广西人，没有去过大理的云南人比比皆是。不是不想去，而是觉得就在身边，想去可以随时去，于是至今也没去过。

　　似乎所有事物都有这个规律，不论景点还是人。近处的景点一直不去虽然不会逃走，却也会因过度开发变成另外一副模样，更何况人呢。那个就在你身边、想见随时可以见，却很久都没去见的人，会不会在某一天也变了模样，变成再也不期待与你相见的人了呢？

　　于是，你可能会在某天晚上，因为贴在墙壁上的照片，想起那个好久没见的人。照片是在那个人去年的生日派对上拍的，照片中的你们相互搂着，笑得很开心。就在你对着照片里的你们傻笑的时候，你突然想起来，那个人的生日就是昨天。你慌忙拿出手机，一边为忘记那个人的生日感到愧疚，一边想对那个人补一句生日快乐。就在你点开那个人朋友圈照片的时候，却发现那个人昨天依然举办了生日派对，而没有叫你。

　　照片上的那个人和其他人相互搂着，笑得很开心。

　　你心里一沉，有点喘不过气来。怎么办？你曾说过，那个人是你最好的朋友。现在是在你最好的朋友的照片底下留一句"为什么过生日没叫我"，再附加一个哭泣的小表情比较好，还是什么都不留假装没看见

比较好？是给你最好的朋友补一句生日快乐比较好，还是什么都不说，
安慰自己那是疏忽而不是刻意没叫你比较好？你躲在黑暗中失落了半天，
也纠结了半天，同时烦扰你的还有那盏发着微弱却刺眼的光的落地灯。

　　从什么时候开始的啊？

　　你委屈地向天发问，你也不知道问的是从什么时候开始你们不再联
系，还是从什么时候开始你在那个人心里不再重要，还是……你不愿再
继续想了，一个是因为越想越心寒，一个是因为你彻底想起来了。

　　就是从那次，那次那个人说大家好久没聚了，叫所有人出来吃烧烤，
而你因为太冷想躲在家里看美剧，借口自己有点感冒不能出门，看到群
里发烧烤的照片馋你，还沾沾自喜，觉得大家没有你不行的时候开始的啊。
还有那次，那次那个人说从老家带来了很多特产，叫你们去家里拿顺便
喝酒，你却因为不太想见到某个人，自作聪明地让那个人把特产寄给你，
并特意叮嘱一句"到付就可以"，然后为你的高智商和高情商得意地在
家哼起歌的时候开始的啊。哦，对了，还有那次，那次那个人失恋了，
半夜一点给你打电话想要求安慰，你假装睡着了没接，却在半个小时后
随手发了一条配着自拍道晚安的微博，第二天违心地问那个人怎么了，
那个人却说没事的时候开始的啊。

　　你记起来了吗？

可是，吃烧烤那天实在是太冷了嘛，你有鼻炎，空气稍微一冷就呼吸不过来，而且你有时吃烧烤会过敏。你的过敏比较特殊，虽然不会显示在脸上，但有可能会导致头疼、闹肚子，很可能还会影响智商，去了反倒要劳烦大家照顾你的啊。要特产那天，也是因为有个人实在太不招人待见了嘛，要是闹得尴尬起来，也会惹大家不开心的啊。最关键的是，你虽然知道失恋的人需要朋友关心，但失恋的人横竖都是安慰不好的嘛，顺着失恋的人说，说来说去只会让人心烦，而且会显得很虚伪，而反着失恋的人说，就算把全天下道理都说尽也没用，而且越说对方就越难走出来，你不安慰，明明就是为那个人好啊。

是的，你总有理由，你的理由总是对的。

所以你不服。你说如果这些理由会让关系变淡，就说明那个人不是你真正的朋友。你说君子之交是淡如水，小人之交才甘若醴，真正的好朋友是心意相通的，是不需要维护关系的，不需要注重小节的，是彼此不用说太多话，一个眼神对方就懂了的，是就算平常不见面也不联系，再见也还是会一见如故，不会被时间摧垮的那种。

是吗？那为什么你最好的朋友连过生日都没叫你？为什么全天下的人，就你流离在那些所谓的有关朋友的真理之外？会不会真像你所说的那样，在时间的验证下，那个人最终被证明不是你真正的好朋友？

可是你忘了吗？你忘了你失恋时给那个人发短信说活不下去了，

配着你心爱的哭泣的小表情，半小时后那个人就出现在你家门口，陪你聊了一晚上，最后你破涕为笑，挽着那个人的胳膊说，以后要是有什么事，你也会第一时间出现的，你忘了吗。你忘了当初要搬家去公司附近，那个人叫上你们所有朋友来抬东西，搬完你问大家想吃什么，大家笑着说当了一天工人当然要吃盒饭，你红着眼眶说发了工资一定请大家吃好的，你忘了吗？你忘了刚来这个城市除了那个人谁都不认识，是那个人托关系给你安排了工作才让你不致流落街头，是那个人每次聚会都叫上你才让你不致形单影只，你在那个人的生日派对上哭着说你是我最好的朋友，这些你都忘了吗？

只能说，在时间的验证下，被拆穿的是你，在你一次又一次拒绝出席，拒绝相处，拒绝帮助，拒绝付出之后，你，被证明不是那个人真正的朋友了。没有叫你参加生日派对，有什么可委屈的？没有叫一个不是朋友的人参加朋友才能参加的聚会，哪里奇怪了？况且，又不是大家故意要遗忘你，是你自己将大家推开的啊。

可能你又不服了，你说付出你也是有的。但你知道吗？你所谓的付出，只是在你方便的时候搭把手，你开心时才有心情为对方开心，你难过时才有时间找对方难过，可是你有想过在难过时收起眼泪为对方高兴，在高兴时压下笑容陪对方难过吗？

付出永远是需要用力的，不是随手，不是顺便，不是用手指轻轻一拨，然后说一句我尽力了。付出永远是伴随牺牲的，不论牺牲的是时间还是精力。

你想有一个遇到难题第一时间会出现的朋友，首先你得是一个朋友遇到难题第一时间会出现的人。你想有一个说走就走，说见就见的朋友，首先你得是一个说走就走，说见就见的人。你想有一个能够陪伴在你左右，不会被时间打散的朋友，首先你得是一个能够陪伴在其左右，无惧时间的人。

心意相通的那颗心，永远不是在茫茫人海中捞出来的，而是在无数次相处中磨出来的。不需要维护关系、注重小节，是因为在磨出心意相通后，彼此了解了，信任了，默契了。对方介意的，习惯了不去提及；对方害怕的，习惯了挡在前面；对方喜欢的，习惯了帮忙争取；对方讨厌的，习惯了帮忙过滤，从而自然而然地维护了、注重了感情，变成一个只要存在对方就能觉得满足的人。

我以为这才是关于好朋友的唯一的真理。

但我知道，你心里并不是没有那个人，你依然是希望和那个人继续做好朋友的，是不是，不然你为什么会因为忘记说生日快乐而愧疚，会因为那个人过生日没叫你而难过得睡不着觉。那些关于相处和付出的道理，你只是不会，而不是不想，我猜得没错吧。

不过，我倒希望那个人没有叫你不是因为疏忽，而是刻意不叫你的。这样就说明，那个人不是忽视你，而是在怨你啊，怨你当然是因为心里还有你，还想拿你当好朋友啊。

　　我可能还要再啰唆几句，就说最后一个关于好朋友的道理吧，那就是真正的好朋友，不是永远其乐融融，永远风平浪静，而是在即使因为一件事讨厌对方的时候，也心知肚明只能讨厌一小会儿。又欢喜又无奈，一边翻着白眼，一边在心里叹息"我可拿你怎么办呦"的那种——没办法，习惯了嘛。

　　习惯你犯错，也习惯原谅你了。

　　所以啊，我劝你也不用太担心，带着歉意，带着礼物，像那个人曾经直接出现在你家门口那样，也直接出现在那个人家门口吧。然后用手机发一个你最爱的哭泣的小表情，等那个人为你开门吧。

　　其实那个人已经等你好久了。

落地灯

让房间有家的感觉的神奇道具之首，并在夜间具有驱赶孤独
的功能。

特别注意：发白光的落地灯不具有此功能。

贴在墙壁上的照片

起初承担着纪念美好时光的责任，后来随着主人的视而不见
而渐渐自暴自弃，成为美好时光不在的代名词。其本身具有
意志，常常以发黄、落尘、突然掉落的方式来提醒主人注意。

平和

Everything

is

as touching

as you.

Everything is as touching as you

04

-PART FOUR-

你这样挺好，

你不这样，也挺好

"从不信到信，从不服到服之间，差的其实不是所谓的时间，也不是所谓的道理。时间谁都有，道理谁都懂，但从想不明白到想明白，差的其实是一次无能为力，从过不去到过得去，差的其实是一次万念俱灰。"

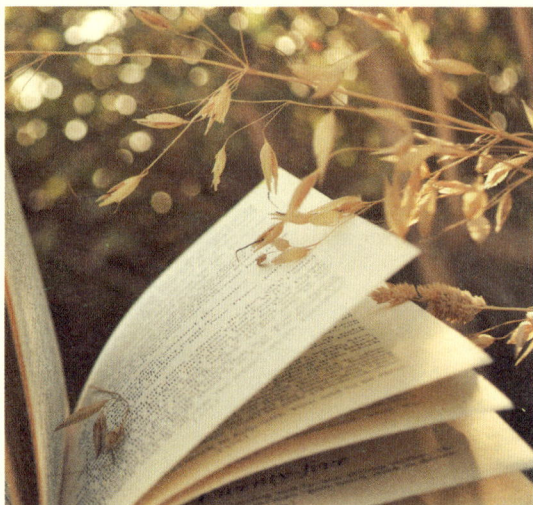

时间过得可真快啊。

这是近几年和朋友喝酒时最常说也最常听的一句话。这句话就像咒，每每话音刚落，将将口沫横飞的场子必会瞬间安静下来，放眼望去，所有人都闭上了嘴，一个个正忙不迭地点头附议。这时候如果有个懂事的姑娘在，如果姑娘能反驳一声"开心才会感觉日子快嘛"就好了，就解了围，就把在场所有误以为时间偏心眼的人安抚下来了，简直是人民的圣母玛利亚。

其实玛利亚说得对，时间过得快，可真要归功于日子过得开心。不是久旱逢甘霖、洞房花烛夜的那种开心，而是若无闲事挂心头，便是人间好时节的那种开心——是和好朋友约下午茶，中途沉默降临谁也不着急，忍着笑望向窗外假装四处看风景，比比看谁先开口的那种；是一个人在家看书看到精彩之处时，成了精的家狗突然跑过来伸爪够你，你知道不能和它对上眼，因为它演技炉火纯青，一对你绝对会放下书去给它找肉干的那种；是和恋人窝在沙发里看电视剧，该换集时突然一个背酸一个脚疼谁都不肯动，直到定力差的撑不下去起身换集，另一个满脸得意跳起来去厨房洗草莓犒劳对方的那种。

这种日子不快才是怪事，这种日子就该转瞬即逝。值。

一定会有人说这是浪费时间吧。我以前也这么想，那时经常提

醒自己把握当下，现在才知道，这种提醒才是浪费时间。像是上课神
游，忽地回过神来懊悔不已，于是便瞪大眼睛挺直腰板，要努力听清
楚老师讲的每一个字。结果那些字就字不成句了，一下子失去了全部
意义，满脑子只剩下老师变幻莫测的口型跟不断从牙缝里蹦出来的唾
沫星子。说到底，心不在那儿，努力也是干瞪眼，不如偷摸看闲书、
玩游戏，开窍了说不定还能萌生手艺。心在那儿了，下课了还追着老
师问题呢。

　　不过我说的也是后话，前几年可没这个觉悟，尤其是什么都
没有、发誓不怎么怎么样誓不为人的时候。那时就觉得慢，第一
天刚上班，第二天就想飞黄腾达，帮老板做了个好方案就心潮澎
湃当比皇上日理万机，计算着这次怎么着也该涨些工资了，帮同
事买了个早点就居心叵测当比甄嬛胸有城府，琢磨着这次怎么着
也该开口要饭钱了……

　　这种日子，怎么可能快呢，简直度日如年，恨不能像电影，一
句"五年后"彻底略过。但这并不是时间过得慢的主要原因，还有
一个更重要的原因是，那时的我啊，还有很多事想不明白。想不明
白就过不去，过不去可不就会感觉慢嘛。那时想不明白的事情太多
了，想不明白为什么事与愿违，想不明白为什么功亏一篑，想不明
白为什么人心险恶，想不明白为什么世态炎凉，想不明白为什么我
爱的人，偏偏不爱我。

　　我曾因为我爱的人不爱我,度过了人生漫长而又黑暗的一段时期。如今让我印象深刻的是某个周末。按理说周末应该是中午才起床的,但我早晨不到六点就突然醒了。这是前一晚喝了酒的后果。但那次惊醒也不全怪酒,更重要的一个理由是,我想起了一件让我很想死的事:前一晚喝醉之后,我给那个不爱我的人打了个电话。

　　电话里具体说了什么,我实在不好意思讲出来。但毕竟是酒后电话嘛,猜也能猜得出来,无非是一些借酒壮胆、未醉装醉时说出口的让人尴尬的真心话。我躺在床上握着手机,纠结要不要道个歉,想来想去还是算了。发什么道歉短信啊,明明就是想借机再联系一次,想听到一句别人因为礼貌回复的"没关系",然后强把这份礼貌当成那个人还在乎我的证据。这种人性方面的事啊,我太懂了,也见得太多了。就在我自言自语了一句"去他妈的"翻了个身打算继续睡时,一句"昨晚失态了,抱歉啊,你别当真",瞬间就被我不听使唤的手发出去了,顺带着还发了一个脸红的小表情。

　　我把手机拿起、放下,拿起、放下,最后实在等不到回复,便安慰自己说现在才早上六点,谁周末没事干早上六点起床啊?于是我关掉手机,闭上眼睛也补了一觉。这一觉睡得超好,感觉一觉睡到了大中午。醒来后的第一件事当然是开机看短信,谁知短信栏里依旧没有新信息。我心里一惊,继而叹了一口气,准备起来吃午饭。抬头一看表:六点十分。

什么是度日如年，什么是一日三秋，我直至那一刻才切身体
会到。

现在倒不会那样傻了。现在是能想通了，知道人生那些过不去的，
都是因为自己不想过去。也知道不想过去的原因无非就两个，一个是
不信，另一个是不服。也即所谓的"道理我都懂，但我还是觉得我是
对的"。之所以过不去"我爱的人不爱我"这个坎，是因为不信为什
么不爱我，不服凭什么不爱我。这两个疑问在那段过不去的日子里不
断交替盘旋出现，跟螺旋结构的 DNA 似的嵌在生命最深处，让人食
不下咽夜不能眠，时间可不就被拉长了吗？现在再想起当年自己昂首
问天无语凝噎的样子，不禁会哑然失笑，颇有种唐伯虎点秋香时不小
心点着了石榴姐的悲怆。

可是要从不信到信，从不服到服之间，差的其实不是所谓的时间，
也不是所谓的道理。时间谁都有，道理谁都懂，但从想不明白到想明
白，差的其实是一次无能为力，从过不去到过得去，差的其实是一次
万念俱灰。

前两年搬家，因为太忙，我便找了个中介带我。那个小区里有好
几套待租房，于是我特意找了一天，跟着中介在各个楼宇之间穿梭。
临近天黑还剩一套没有看，但我实在累了，正在纠结要不要坚持时，
中介说，别纠结了，不看你是不会甘心的，去一下了个念想吧。我被

这句话震得心头一惊，便乖乖随着中介去了。结果，我简直要爱死最后那套房了，但就是价格有点贵。正纠结要不要租下时，房东过来说，别纠结了，说个让你舒坦的事吧，前一个看房的人刚打电话来租下了。我一个趔趄扶住墙头，随后心甘情愿随中介走了。

师在民间啊。

中介解我不信，房东解我不服，这俩解决之后，我终于能安心挑一个性价比合适的房子住下了。过了半年再回过头来看，我住的这一套房啊，真挺不错的。价格不贵，设施也齐全，而且最重要的是房子里没有丑陋的家具，我便可以放下那些原打算挂在网上变卖的好家具。

说到底，人啊，要想过得舒服，终究是要在此之前接受那些配不上、搞不定和得不到的人和事的，早接受早舒坦，早死早超生嘛。再后来我明白的事越来越多，明白了遇见不懂你、不觉得你有趣、不愿与你为伴的人，要练习不去狼狈地证明，而要学会爱咋咋的；遇见不公平、不认为你合适、不可与你分羹的事，要练习不去暗暗地较劲，而要学会随它去吧。要学会那些曾在古装电视剧里听到吐的"我不入地狱谁入地狱""此处不留爷自有留爷处"，学会小学课本里能倒背如流的"乱花渐欲迷人眼，柳暗花明又一村"。

48

　　遇见不懂你、不觉得你有趣、不
愿与你为伴的人，要练习不去狼狈地
证明，而要学会爱咋咋的；遇见不公
平、不认为你合适、不可与你分羹的
事，要练习不去暗暗地较劲，而要学
会随它去吧。

不求笑到最后，但求笑的时候自拍一下发到朋友圈也是可以的嘛。

　　其实这两年，相对于前几年的那些令我想不通的事，还有一件事，更让我想不通。也不知是因为年纪大了，上天开始可怜我还是怎么的，我逐渐发现，老天爷这位老人家，似乎并没有我们想象中那样不近人情，而有点像我们身边的某位贱姥姥，经常抓着一把糖拿我们寻开心。我们伸手要的时候不给，越求胳膊举得越高，等我们想明白笑了笑说"不要啦"的时候，她又蹲下来将你揽在怀里，把所有的糖都塞进你的口袋，边塞边说，这孩子，有出息。

　　贱不贱啊？

　　哭闹的不理，只理擦干眼泪的；泄气的不管，只管铆足了劲的；走不出来的完全不在乎，只照顾默默收拾好过往、揣着悲痛往前跑的。要我说老天爷也太不公平了，就不能对大家一视同仁一点吗？人世间被命运辜负的多了去了，干吗只奖励咬紧牙关挺过去的呢，红尘里被世人伤透了心的也多了去了，干吗只偏爱那些努力微笑待天明的呢？

　　唉，不过，谁让她是老天爷呢。

　　她贱她的，我们过我们的，把人生过得跟 TVB 剧一样简单明了——哪，不要说我没有提醒你，有些事，是不能强求的，人生几多个十年，做人呢，最要紧的就是开心。

开心了，才会感觉日子过得快嘛。

刚才说老天爷贱，其实啊，我们也挺贱的。都开心了，实在没什么可烦恼的时候，就会开始烦恼时间过得快了——过得快，人就老得快啊——简直是得了便宜还要卖乖。不过卖这种乖啊，是年纪越大的人越爱做的事。当然，我也能理解，毕竟时光的好都落着了，又没人瞧见，炫耀有失身份，也就只能假扮成烦恼来卖乖了。可这种乖也不是谁都能卖的，父辈们卖起来似乎比我们更加娴熟。好似时光跟他们更有交情，让他们把身边的人都看真切了，也让他们把所有的事都想明白了，知道是时间的好，才能心无旁骛地骂在嘴上，才能不管遇上什么事都觉得，这样挺好，不这样，也挺好。

这些啊，都是从我爸身上看出来的，我很小的时候就看出来了。那时我上小学五年级，学校举办了黑板报大赛，刚好我是文体委员，就代表我们班参加了。那年我得了个第一名。现如今我都忘了奖杯是什么样，但还是忘不了我爸跟我说的话。我爸在领我回家的途中跟我说，很好，板报能得第一名不容易，排版见大，细节见小，对宏观和微观都要把握好才行，爸爸以前当连长的时候也负责部队的板报，爸爸当时做的板报没一个兵敢说不好。我说那是因为你是连长吧。我爸说不是，我爸说板报设计好的人能干大事。结果次年板报大赛我什么

都没得到。当时我都快难受死了，不是因为我不能干大事，而是觉得
辜负了我爸的期望。结果我爸领我回家的时候依然说很好，说没得奖
比得奖还好。

我问我爸为什么。我爸说，得奖没人跟你玩。

懂事的姑娘

极度罕见的美好事物之一。

其下一阶段的进化形态为：别人家的女朋友。

万物

和你

一样动人

54

酒后电话

一种事后给自己制造尴尬、后悔甚至自杀冲动的愚蠢行为。

解决方案：别喝酒，要喝就别带电话。

特别注意：别背熟对方的手机号码。

家狗

以"卖萌"来换取食物和抚摸的家用造粪机。

虽然能听懂人话，但缺乏内心世界，只有开心和特别开心两种情绪。

Everything is as touching as you

05

PART FIVE

-PART FIVE-

那一声『叮』

你有没有听到

终会有一天，你再不会刻意去忘记。因为那个人再不是能让你为之心动，也为之心痛的人了，忘不忘记，对你来说已经无所谓了。在那之后，你偶尔还会想起那个人、那段日子，但你在想起时，发现感激代替了嫉恨，欣慰代替了惋惜，会心一笑代替了心头一酸，随遇而安代替了了无所依。那时，你就真正走出来了。

　　你是否记得真正走出来的那一刻，是什么时间，什么地点。你是否记得真正走出来的那一刻，你正在做着什么，周围发生了什么。你是否记得原因，是否记得结果，是否像我一样，听到了远处传来的那一声"叮"，像是在说一切都结束了，像是在说可以重新开始了。

　　我人生中的第一声"叮"，出现在我上高二的某一天。那时我有非常严重的网瘾。有多严重呢？这么说吧，如果有人问我在哪儿，周围的人就会答，他不在网吧，就在去网吧的路上。

　　那一声"叮"就出现在去网吧的路上。那天是个很好的晴天，太晴朗了，以至于很长一段时间，我都误以为导致我走出来的原因是天气晴。那天中午我像往常一样睡过了头。我属于迟到就干脆不去上课的人，于是便随意扯了个谎，请假去了网吧。去网吧和去学校的路线差不多，但我的心情却截然不同。我快步走在路上，看似在为迟到而焦虑，实则在为一会儿该练哪个游戏角色而兴奋。突然，我的肩膀被撞了一下。等回过神，撞我的人已经跑到十米开外了。

　　我认识他，他是我们班一位学习很好的男生，平常绝不会迟到。我揉着被撞疼的肩膀吼道，已经都迟了还跑什么，他却回过身，面对我倒着跑了起来，边跑边冲我喊，已经都迟了还不快跑。喊完，他以投胎的速度跑远了。我盯着他从近到远、从大到小的身影，突然产生了一种很难说清楚的感觉。脑袋里不断闪过的，是他刚才说的那句，已经都迟了，还不快跑。

叮。

　　我人生里的第一声"叮"，就在那一刻响了起来。随着那一声"叮"，我莫名其妙就生气了，气得双眼通红，瞪着那位男生消失的方向，暗暗吼了一声。也不知为什么，我突然身子一倾，疯了一样跟着他跑了起来。心里就一个想法：追上他。我不知道为什么要追上他，也没想过追上他之后要怎么办，但我就是想追上他。

　　直到很久以后我才明白，我当时气的不是他，是我，气的是一直以来对自己说，已经都迟了还跑什么的我。

　　那天，我跑得汗流浃背，上气不接下气，坐在教室后面歇了很久，湿透浑身的汗都凉了才缓过来。当然，我最终没能追上那位男生。他跑得太快，也出发得太早了。但那天下午是我上高中以来第一次听讲，虽然听不懂，还是硬着头皮听了。那天放学后，我最后一次去了网吧，去把游戏账号删了。

　　因为那一声"叮"告诉我，是时候了。

　　莫名其妙吧？

　　我多少算是比较现实的人，觉得人生就是不断地陷入。陷入一个人，一件事，一段时光，一种生活方式，甚至仅仅是一个情境。人嘛，总是脆弱的，总是会轻易将自己寄托在自身之外，不论这份寄托是好是坏。

更可怕的是，越到后来，人们就越顽固了，就越难走出来了。随着年龄和阅历的增长，随着给自己找借口的能力的提升，随着世事纠葛成网、牵一发而动全身，人们会越来越忽略事物原本的意义。不像小时候，秉性还未形成，随便一句看似有道理的话都能影响命运，随便一部看似有深意的电影就能改变人生。这也是我为什么刻意去记住走出来的那一刻。我是这样想的，既然陷入无法避免，那么熟记每一次走出的路，是否就能在下一次走出得快一些呢。

令人无奈的是，不会。因为每一次陷入的，都是不同的地方。

我人生里的第二声"叮"，就不知道发生于何时何地，不记得当时的我在干什么。我只能依稀记得，那一声"叮"比我预想的日子迟来了一年多。我在意识到要走出来之后的这一年中尝试过无数办法，都无一例外地失败了。

那次是因为一个人。

人是这世上最容易陷进去，也最难走出来的一种寄托了。我们是否会爱上一个人，是否能不爱一个人，决定权从来都不在自己手中。我在陷入之后，一度非常消极地思考爱这个东西——与其说爱是上帝赋予人类的能力，不如说是他遗留在人类身上的缺陷，他知道心中无爱的人将过于强大，假以时日会威胁到他的地位。所以他让我们心中有爱，让我们因爱一个人而发疯，而忘乎所以，而不顾一切，而将世界抛诸脑后。不消上帝动手，我们本身就会走上自我毁灭的道路。

当然，这段话在我终于走出来之后，也随之被证明是过于偏激的。仅仅是一个得不到所爱之人的人，对天地和命运做出的无聊抱怨。

那一年的我经常幻听。我太需要那一声"叮"了，以至于不论做什么都以为听到了。就像太渴望一个人回复消息，便会产生手机振动的错觉。我在听到一个似是而非的道理，看完一部美化人生的电影，甚至认识了一个新的不错的人的时候，耳边都有一声若隐若现的"叮"。但那声错觉里的"叮"，最长不过顶用一个夜晚。第二天醒来就会发现，没有那个人的日子，黯淡无光，一如往常。

后来我遇到了很多陷入某段感情而无法自拔的人。使我惊讶的是，大家的流程竟都差不多。你只消听他一席话，就知道他正处于哪个阶段。

Everything is as touching as you

　　一开始大都是不相信走不出来，以为删除了联系方式、忍住不去朋友圈、微博偷看对方的状态，就能强迫自己走出来。这个阶段最容易产生幻听，脑袋里一天到晚"叮叮叮"响个没完；后来就发现，走不出来，是因为不想走出来。这个阶段的人能够集齐全天下所有道理，并以这些道理取笑和羞辱自己为乐，扮出一副无所谓的态度自欺欺人；再后来是意识到，即便承认走不出来是因为不想走出来，也还是走不出来，生活根本不会让人们因为听到一些道理而彻底被放过。伴随着的，是在某个痛苦难耐的深夜里，重新加回联系方式，或者随便找个理由，一条一条翻阅对方的状态；最后，则是终于放弃抵抗，感慨出那几段对天地和命运的无聊抱怨，并接受这样的现实，不再毫无意义地跟自己过不去。这个阶段持续的时间最长，有些人是几个月，有些人是一两年，有些人则需要横跨一个年龄层。

　　好在，总是会走出来的，或早或晚，都会走出来的。当人们发现所寄托的人或事，给自己带来的伤害超过享受的部分，当发现后果比自己想象的还要严重，当发现自己已经无路可走时，人总会想办法的。

　　终会有一天，于某个再平常不过的深夜里，你会因为实在无事可做，或周遭实在过于寂静，或根本没有任何理由地又一次想起那个人。而这一次和以往有些不同：你的内心竟然是平静的。继而你会惊诧，那个人，好像昨天一整天都没有出现在你的脑海里了。你开始一天一天往前排查，发现前天也没有，甚至大前天也没有——你好像很久都没有想起那个人了。

在那之后，你会发现一些你根本意想不到的变化。

你再不会刻意去忘记，因为那个人再不是能让你为之心动，也为之心痛的人了，忘不忘记已经无所谓了。因为你在偶尔想起那段日子时，发现感激代替了嫉恨，欣慰代替了惋惜，会心一笑代替了心头一酸，随遇而安代替了了无所依。你并不介意接下来的日子你们是否还会联系，你知道即使不联系也不会让你的生活变得空虚，因为你已经有了自己的生活；即使联系也不代表你们仍顾念旧情，而是跟朋友问候一般代表安宁与友好；同样你也并不关心那个人现在的生活到底是怎样的，因为那个人的生活对你来说已经失去了意义，你是否会给他的朋友圈点赞留言，只看你当下是否有时间。

你已经走出来了。

原来你并没有像想象中那般对自己不负责任。原来你因为走不出来而做的那些荒腔走板的事并非毫无意义，而是在一次一次释放着你情绪里那些无处安置的肿胀。原来你为了走出来而在你的生活里安排的那些无论是刻意去做还是不得不做的事，都在一点一点消耗着你心里那些过于集中的深情。原来所谓的时间能解决一切并不对，一直以来解决问题的是你。你为了走出来而一直在努力，也始终在朝着正确的方向。原来代表着你真正走出来的那一声"叮"，不是没有出现，而是在很久以前就出现过了。只不过，它混杂在你的那些早已视而不见的幻听里，你没有发觉罢了。

所以，你可以再好好想想，是否记得真正走出来的那一刻，是什么时间，什么地点。是否记得真正走出来的那一刻，你正在做着什么，周围发生了什么。你是否记得原因，是否记得结果，是否像我一样，听到了远处传来的那一声"叮"，像是在说一切都结束了，像是在说可以重新开始了。

不记得了吗?

不记得也没关系，因为你会照顾好自己，即使你没有察觉到。

天气晴

能够致幻的五大气象之一。

其余四种分别为月色真好、阳光正好、春风拂面和星星繁多。

具有强烈的催生"活着真美好啊"的作用。

Everything

is

as touching

as you.

万物
和你一样动人

Everything

is

as touching

as you.

坚强

Everything is as touching as you

01

-PART ONE-

PART ONE

再一次

和你再见

66 那时的我还以为，生活里一切事物的意义都跟字面意思是一样的，永远真就是永远，一定真就是一定，那些说过永远都不会走的人就永远都不会走，那些说过一定会回来的人就一定会回来。那时的我还不知道，这个世界上信守承诺永不反悔的，只有日升月落和斗转星移。99

　　真是奇怪，年龄越大反倒越爱哭了。曾自诩不会哭的少年，虽有自夸之嫌，倒不至于佯装坚强，是真哭不出来。最崩溃也不过晃神几个下午，堵心几个晚上，但横竖是挤不出眼泪的。

　　不过常听大家说，哭完比较舒服，遇上实在过不去的事，也想过一试。于是便有了接下来这一幕：在某个月黑风高的晚上，我脱光衣服蹲进浴缸，打开莲蓬头，混着水声开始憋哭。憋了几分钟，眼泪没出来，便意来了，最后只好把屁股挪到马桶上，憋哭也就不了了之了。

　　现在不是了，现在好哭，听好妹妹乐队的演唱都会流泪流个没完。

　　要怪小厚在台上煽情，说跟秦昊第一次分别时，秦昊站月台上对他说了句永别。他问秦昊为什么是永别。秦昊说，也不知道下次什么时候见面，指不定这次就是永别了，永别没有好好告别，以后想起来会可惜。

　　此处本该翻白眼的，可我眼泪却下来了。在俩人唱最后一首时，主动跟全场观众一起，拿着他们粉丝做的（也有可能是他们自己安排的）一张写有"好妹妹我们永远在一起"的反光纸摇到手酸。现在想想实在太可怕了，要不是之后去参加庆功宴，再看到他们私下里我熟悉的傻样，差点就要亲友团转粉丝了。

　　其实我知道秦昊道永别的心思，他自己也承认，说如此，永别之后再有相逢，就算是生命里的惊喜。其实有这种心思的人还有很多很多，

他们那时还不知道，"永远"这两个字的长度，有些是一年，有些是一个月，有些甚至就只是，那个人说出那句话的那一个瞬间。

可能也包括愿意看这篇文章的你，甚至还包括动画片里的小丸子。

某一集里演小丸子吃冰激凌。她倒是会吃，吃一半，忍着馋把另一半放进冰箱，然后逼自己忘却这件事，直到某一天翻开冰箱就会发现，咦，居然有半盒冰激凌！

这可不就是生命里的惊喜嘛。

但这种人啊，这种能强迫自己忘记有半盒冰激凌，能忍痛把每次分别当作永别的人，其实并非绝情，相反，他们比任何人都长情重义。他们把本该一笑了之的彼此拥有、相互陪伴看得比一切都重要，学不来如何面对生命里再正常不过的拥有与失去。他们所期待的，实则并非生命里的惊喜，而是当那半盒冰激凌无端消失，当永别之后的相逢不肯出现，当所看重的情意最终被证明淡如白水，当所期待的久远最终被证明犹有竟时，他们能够混入那群把世间万物看得再稀松平常不过，缺了谁也能跟着地球照常运转的人当中，面无表情、了无牵挂地活下去。

好像那样才该是生命唯一的正解，是不是？

关于这种心思因何而生，我再清楚不过了。这群人啊，就是太笨，再具体点就是人开不起玩笑了。别人对他们说一句"改天找你出去玩啊"，他们就信以为真了，有些天天守在电话机旁，有些日日期待阳光明媚，就算那个电话迟迟不肯出现，就算那些晴天匆匆变成过往，他们还是不肯相信那就是一句客套话；别人对他们说一句"我们要常联系"，他们就又信以为真了，真恨不能把每天发生的好玩的事都告诉对方，直到对方的回复越来越少，直到对方的反应越来越淡，他们还是会劝慰自己说，那可能是太忙了吧；别人对他们说一句"我想永远跟你在一起"，他们就更不得了了，简直像疯了一样，就这样把自己的心交了出去。他们那时还不知道，永远这两个字的长度，有些是一年，有些是一个月，有些甚至就只是，那个人说出那句话的那一个瞬间。

多年以后，他们终于意识到这些话就只是玩笑话了。让他们终于意识到这些就只是玩笑话的，是经历了千百万句这样的玩笑话。

于是，这个世界，在他们眼中就变成了一个最大的玩笑。这个最大的玩笑里，到处都是整日整夜喊着"狼来了"的孩子，而他们就是山脚下的村庄中最笨的那位农夫。这位农夫无论如何都改不掉自己与生俱来的笨，虽然他常奉劝自己多学学那些早就无动于衷的人，却一次也做不到。即使他听到第一万零一句"狼来了"，也还是会下意识地心里一惊，还是会扛起锄头往声音传来的方向飞奔而去，边跑边喊出那句曾喊过无数次的"别害怕，有我呢！"……

没办法，他们太开不起玩笑了呀。

终于，在多年以后，这位农夫学会捂紧耳朵，让自己再也听不见这样的玩笑。他太害怕那句"狼来了"，以至于那些爱骗人的孩子还未喊出口，他就会下意识地落荒而逃，边跑边捂着耳朵喊："不要再骗我啦，我可不要再当笨蛋啦，我希望你们被狼吃掉才好呢。"

就像那群在每一次分离前道永别的人。

可这群开不起玩笑的笨蛋，这群无法应对满是玩笑的世界的人，虽然或许能够学会在表面上佯装潇洒，却无论如何都骗不了自己的心。更何况，世界这么大，每天都会有新的人出现，有新的人，就会有新的玩笑，

他说真好，感觉你还没变，跟我记忆中的一样。

而他们遇到新的玩笑就又会信以为真，新的玩笑破灭就又会心生失落。似乎再怎么努力，他们都无法改掉这种天生的笨，都无法逃脱新的玩笑带来的新的伤害，都无法让自己变成一次又一次伤害过他们的，却反过来让他们心生羡慕的那群面无表情的人。

是不是挺绝望的?

我之所以如此了解，是因为我于多年以前，也加入了这群人当中。自我从一个自诩不会哭的少年，变成一个爱掉眼泪的人之后。也或许我天生就是这样的，只不过比其他人后知后觉一些，那些曾让我引以为傲的面无表情和了无牵挂，并非来源于我误以为的心如止水，而是来源于我年少时的懵懂无知——

那时的我还以为，生活里一切事物的意义都跟字面意思是一样的，永远真就是永远，一定真就是一定，那些说过永远都不会走的人就永远都不会走，那些说过一定会回来的人就一定会回来。那时的我还不知道，这个世界上信守承诺永不反悔的，只有日升月落和斗转星移。

所以，你以为这群人，以为我们真的是笨，真的是开不起玩笑啊，我们明明是害怕啊。就像那个遭人嘲笑的农夫，人们只知道他蠢到即使一次又一次被骗，一次又一次扑空，却还是会一次又一次去救人，却不知道那是因为，他自己的孩子曾被狼叼走了。

　　那天在好妹妹乐队的演唱会上，秦昊和小厚在唱《再一次的再见》
时，声音里夹杂了几声哽咽。唱完他们自己也发现了，自嘲说也不知为
什么，唱这首歌就是会落泪。我有些触动，便在台下跟光光说，唉，你
看他们也不容易，光光点了点头安慰我说，还好他们现在也熬过来了嘛。
但光光跟我说的不是一回事。我说不容易，不是因为他们多年的努力终
于博来命运的眷顾，而是因为他们也和很多人一样，还是会在某时某刻，
因为某些原因而莫名哭泣。

　　而我们这群会莫名哭泣的人啊，没别的，就只是因为曾经失去过什么。

　　前段时间的某个深夜，一位当初跟我非常要好，如今却已经失去联
系很久的老友突然找我聊天。我经历过这种突然，知道它代表着什么。
他啊，肯定是寂寞到胃疼了，或是翻了几遍通讯录依然不想跟身边的人聊，
或是瞅见某个物件联想到保存在记忆里的我。我很理解这种感受，便很
认真地陪他聊了会（当然，在确认他不是借钱或结婚讨红包之后）。聊罢，
他对我说了句挺动听的话。他说真好，感觉你还没变，跟我记忆中的一样。

　　虽然我知道他这么说不代表什么，我们从聊罢那一刻开始就将进入
另一轮"失去联系很久"，但我还是被这句话感动了、安抚了，欣慰于
自己的"还没变"，能成为一个稍纵即逝的"真好"，帮他度过了生命
里某个不很重要的深夜，这对我来说，已经是生命里的惊喜了。

　　像这样的惊喜还有很多，每一个我都能记得，有些甚至对我来说已

经不能被称作惊喜，而该算是奇迹了。我前两年刚玩微博时关注了一个人，她写的东西真叫人喜欢，喜欢得想给她作揖。介于私心就不说是谁了。那时发过私信，以粉丝的语气表达了我的仰慕之情，什么"好崇拜你"之类的。当然，没收到得体的回应，不过这也是意料之中。应该是上个月吧，我晚上闲得没事，按照倒叙的顺序重翻以前私信，再次看到排在最前面的这条私信时，不禁对着私信窗口感叹了一下我那不害臊的青春。正在这时，那个空白了两年的对话框里蹦出一句话。她找我聊天了！在事隔两年之后，在我为我那不害臊的青春害臊的时候，她也在某个城市的某个深夜里，也因为闲得没事，正按照倒叙的顺序重翻以前的私信。

我知道这在很多人眼里只是巧合，但对我来说是顶大的事，我们在后来成为朋友之后，称这个奇迹是宇宙的奥秘，是归"冥冥中"管的事。虽然我在手舞足蹈地对身边的朋友讲述这件离奇事件时得到了无数白眼，但我依然认为，这就是发生在我身上的奇迹。这就是只肯、也只能发生在我们这种失去过什么的人身上的奇迹。秦昊和张小厚永别之后再次相逢，组成好妹妹乐队，是奇迹。我不去制造机器人，而是退学走上写文字这条道路，因而这篇文章有幸被你看到，是奇迹。你成了你这样的人，遇到了因为你成为这样的人才能遇到的他们，也是奇迹。

更何况，我们正共处于同一个时代呢。

你看，我们这种人啊，虽然因为失去过什么而变得笨了起来，虽然这种笨可能一辈子都摆脱不了，注定要被满世界的玩笑要得晕头转向，但要说到开心起来，雀跃起来，感动起来，疯狂起来，却也比那些面无表情、了无牵挂的人容易得多。我们似乎总能从生活里的小事当中挤出他们发现不了也感受不到的惊喜和奇迹。一个老友突然的牵挂就不得了了，一次预料之外的相逢就不得了了，就连在冰箱里找到半盒冰激凌，都是不得了的事。

　　毕竟是失去过的人。失去过的人，总是知道什么该珍惜，什么该看重，什么该在保质日期到来之前好好享用，什么该在舞台落幕之前好好欣赏。

　　好像这样也是生命的一种正解，是不是？

82

毕竟是失去过的人。失去过的人，总
是知道什么该珍惜，什么该看重，什
么该在保质日期到来之前好好享用，
什么该在舞台落幕之前好好欣赏。

翻了几遍通讯录

顶级寂寞的表现形式之一。

错误解决方案：最终还是打通了那个虽然不想聊，但也能聊几句的人的电话。

正确做法：去社交场合结交新朋友。

不会哭的少年

不存在，是"在家一个人偷偷哭的少年"的外在表现形式。

月台

因见惯了离别和伤感而具有灵性的场所之一。

现今，人们甚至连看到月台的照片都会不由自主地感念。

Everything is as touching as you.

02

PART TWO

谢谢你
没有爱上我

66 那时你才明白，原来他心里真的有你，就像你心里有你
喜欢的印花奶茶杯、熊猫抱枕、彩色雨伞一般，有了这些，
能让你感觉到心情愉悦、生活美好，时间一长甚至会越来越
亲切，越来越离不开。但没有，也不是活不下去。99

印象中，你最后一次提起他，是去年的六月十三号。

我之所以能记得这么清楚，是因为前一天正好是一个朋友的生日，他请咱们去他家庆生。庆生嘛，无非是吃饭、喝酒、玩游戏，咱们也不例外。我记得当时玩的是真心话大冒险，轮到你时，大家逼你选择了大冒险，因为你的真心话啊，实在是没有什么爆点，谁不知道你心里除了他就再没别的事了。

自然，为你量身定做的大冒险也和他有关：给他打一个电话。其实这也不算什么大冒险，但放你身上就是了，毕竟你已经忍着两个月没有联系他了。当然，这两个月里他也没联系你，就像你说的那句"早就料到了"。其实我们能看得出来，虽然你嘴上说"我好不容易忍了这么久，能不能换个题目啊"，却还是掩盖不住心里的窃喜，不然你为什么紧紧握着手机，生怕别人抢去了似的。

你太需要一个理由了，以至于上天都感知到了你的心意，特意为你安排了一场命中注定。就在你一边努力假装着不情愿，一边做好准备拨号时，你的手机响了。你盯着来电显示，瞬间捂住了嘴，抬起头惊慌失措地看着我们。那时我们便明白了，是他打来的。你在我们的起哄声中一跃而起，跌跌撞撞地跑进卫生间，去享受上天为你的日思夜想准备的这份大礼。

那天你在厕所里躲了很久，久到接近半夜十二点，我们在蛋糕上插蜡烛还没出来。我们也不知此刻厕所里是什么氛围，不确定该不该叫你，谁知你发现客厅里闪烁的烛光，自己跑出来了。你面色红润，双眼放光，三两步飞到我们跟前，吆喝大家一起唱生日歌，说别误了许愿。我们这才松了一口气。

截止到那一天，你已经整整喜欢他724天了。我又一次记住了这个数字，不是我记性好，而是你自己喊出来的嘛。那晚给朋友过完生日，我送你回家的时候，刚走上你家附近的一座天桥，你突然扒着桥沿，撕心裂肺地向桥下的车水马龙喊出724这个数字，喊完之后便蹲下来号啕大哭。

说实话，我当时并不知道你是什么心情，毕竟女孩子最开心和最难过的表现是一样的。那句724，我第一反应是你算出了此刻的车流量，以为你因为那通电话大喜过望以至于天门开了窍，谁知你却在稍稍平静后，

于是，你从此便相信了，相信他心里是有你的，相信他和你一样，正承受着相思的煎熬，正享受着暧昧的甜美，默契地和你一起制造着无数相爱却不说破的乐趣。

说他跟别人在一起了，打电话是特意告诉你一声。他说："我当然要告诉你啦，因为我心里有你啊。"

"谁要他心里有我啊，我要他心里有我吗？"

你哭着问我，问完哭得更凶了，把那位在天桥上卖袜子的大婶都吓得提早收摊了。我盯着大婶的背影，不知该不该回答，也不知如何回答。但我怎么会没有答案，你是要的，你当然要他心里有你了。

过去这两年多里，你曾无数次向我提起他，之后总会小心翼翼地问，你说他心里有没有我。我若是回答有，你就会哈哈大笑，小傻瓜似的手舞足蹈，我若是故意不回答，你就会目露凶光，大姐头似的劝我要想清楚。咳，其实我也挺纳闷的，不明白他为什么会和别人在一起。从你跟我讲的所有有关他的事情来看，他心里肯定是有你的啊。

你刚认识他的时候，就喜欢上他了。因为他的笑容。只不过你那时没意识到这是喜欢，只觉得愉悦，毕竟笑起来好看的人长得都不会太差。后来当你终于承认喜欢的时候，曾费尽心思要对我描述他的笑容，你想了老半天，终于红着脸说，"就像天使一样"。我都要吐了好吗？忍了老半天才挤出一个菩提老祖被三昧真火烧着手的表情，点着头说，哇哦。你没有理会我的嘲笑，继续恬不知耻地说，他每次见到你都会笑，笑容和其他人完全不一样，除好看之外，似乎是在用笑容对你说，见到你我很高兴。

一个心里没有你的人，怎么会见到你很高兴?

你刚跟他熟悉的时候，就爱上他了。因为他的善解人意。那次你们决定去公司附近的餐厅吃饭，在路线上发生了分歧。他建议走大路，你却说横穿社区比较近。那个社区很大，左拐右拐要十多分钟，好不容易走到了你才发现，社区那头的门被锁上了。返回的路上，你在心里把自己骂了十几遍，像是犯了什么弥天大罪。你知道他不会埋怨，但你更怕他安慰，一安慰就说明，他已经发现你的蠢了。结果，他走着走着突然说，我给你讲个笑话吧，还没等你反应过来就开讲了：从前，有只小兔子……你当时都快哭了，不是因为笑话不好笑，而是因为感激，感激他什么都没有说。

一个心里没有你的人，怎么会有心善解你的意?

于是，你终于明白了，明白他的那些贴心的晚安所表达的不是关怀和在意，而是一次次让你深感幸福的婉拒。

于是，你从此便相信了，相信他心里是有你的，相信他和你一样，正承受着相思的煎熬，正享受着暧昧的甜美，默契地和你一起制造着无数相爱却不说破的乐趣。不然，为什么你跟他表白说"我喜欢你"时，他会回复"我也是"呢。虽然那天是愚人节，但他跟你一样，都是真心的，对吧。你们啊，就是天造地设的一对，表不表白又有什么关系，说不说破又有什么意义，你们可是对方命中注定的灵魂伴侣，从见到彼此第一面的那一刻起，你们就互诉此生了呀。

虽然你这样想着，但心里还是有一点点委屈的。这一点点委屈太无关紧要了，你甚至都不好意思说出口。可我还是看出来了，在你激动地描述着你俩有多要好多默契多心有灵犀的时候。你一边把你对他的付出轻描淡写，一边将他对你的付出添油加醋，好让自己显得没那么一厢情愿，好让我们所有人都陪你一起证明，他心里的你和你心里的他一样重要，不是吗？但你自己是清楚的吧，无论你怎么掩盖，都掩盖不住留在你心里的那一点点委屈。那就是，为什么他不能像你一样，表现得再明显、再多一点呢？

"是我太贪心了吗？嗯，一定是我太贪心了。"他能伪装得这么好，是因为他毕竟是男孩子嘛，男孩子把有些事藏在心里是再正常不过的了。每每感受到这种委屈，你便会这样安慰自己。可这样的自我安慰，一开始还能瞒得住你自己，越到后来就越不起作用了。于是在某一个平常的晚上，你的心里突然蹦出一句足以令你窒息的话。

或许他并不喜欢你，至少不是你喜欢他的那种喜欢。

我的天啊，你一想到这句话，当下就傻眼了。你猛地从床上坐起来，像是从噩梦中惊醒一般心跳不止。你慌忙翻出手机，从第一条开始看他和你的聊天记录，在他的字里行间里寻找着他也喜欢你的证据。若是放在平常，你是最爱看你跟他的聊天记录的，看一眼安心一阵，你是没见过你那时的表情，嘴角就快要咧到耳根了，还会发出低能儿一般的笑声。但是今晚，这一切都对你不起作用了。你越看越胆战心惊，越看越不知所措，因为你发现了一个往常从来没有注意到的问题。

你曾对我说过，说他很贴心，每晚和你道安都不是以简单的晚安二字敷衍了事，而是劝你别睡得太晚注意身体，或者祝福你一定要做个好梦。这些曾经都是他与众不同并对你情深义重的铁证，曾经是你每天最期待的一个日常环节。但今天你却发现了，发现每一次的睡前聊天，都是你主动发起的，而每一次的道安，都是他主动的，而且是在你还想说些什么的时候，在你把话题往更暧昧的方向引导的时候。于是，你终于明白了，明白他的那些贴心的晚安所表达的不是关怀和在意，而是一次次让你深感幸福的婉拒。

大概就是因为这件事吧，你决定不主动联系他了。但你的不联系，多少也有些目的不纯。你不是因为看明白了决定放弃他，你啊，一半是赌气，另一半是考验，考验你如果不联系他，他会是什么反应。谁知他什么反应都没有，甚至没有发现你在赌这口气，他还是会像往常那样善

你突如其来的爱情，源于你孤陋寡闻的懵懂前生。

我心疼的是你的聪明。你实在是太聪明的女生了，因此没有因爱生恨，没有不顾一切，没有借爱情的名义干出人间丑事。我之所以心疼你，是因为你只是躲在一个麦当劳餐厅里哭了一晚上，然后就将往事彻底流放到了黎明。

解人意，还是会用"像天使一样"的笑容跟你打招呼，只不过，除工作之外没有一次主动联系过你，没有一次主动问过你干吗呢，没有一次跟你说过晚安。虽然你嘴上笑嘻嘻说着"早就料到了"，但心里，早就疼死了吧?

终于，他联系你了，在那天的生日会上。他告诉你，他跟别人在一起了，打电话是特意告诉你一声。他说："我当然要告诉你啦，因为我心里有你啊。"那时你才明白，原来他心里真的有你，就像你心里有你喜欢的印花奶茶杯、熊猫抱枕、彩虹雨伞一般，有了这些，能让你感觉到心情愉悦、生活美好，时间一长甚至会越来越亲切，越来越离不开。

但没有，也不是活不下去。

那天晚上，是你最后一次提起他，这最后一次长达五六个小时。你一边哭一边拽着我找了一家 24 小时营业的麦当劳，对我说他说到了凌晨六点。其实我知道，你是说给自己听的，帮自己梳理清楚头绪。在这里我要重申一下，那晚我那些时不时在眼眶里打转的眼泪，不是因为感动，而是因为憋了一晚上哈欠没敢打——好啦好啦，也有心疼，这是实话。

我心疼的是你的聪明。你实在是太聪明的女生了，因此没有因爱生恨，没有不顾一切，没有借爱情的名义干出人间丑事。我之所以心疼你，是因为你只是躲在一个麦当劳餐厅里哭了一晚上，然后就将往事彻底流放到了黎明。

　　你说其实你早就发现了，只不过今天才敢承认。承认你在他心里，和别人是一样的。承认他对你，也和对别人是一样的，一样的美好，一样的温柔，一样的善解人意，那个像天使一样的笑容，一样也会笑给别人看。而你却不小心中招了，因为你的人生里从未出现过这样一个人。你突如其来的爱情，源于你孤陋寡闻的懵懂前生。但你的中招是心甘情愿的，因为这个人给你的感觉太好了，这个人让你的生命突然有了光。你生怕这些光不见了，所以你只能选择否认自己，选择对那些早已想明白的道理和早已察觉的证据视而不见。

　　你说每一个无法停止去爱的人，都是因为不愿去信，不愿去信对方的那些举动，毫无意义。

　　我写这篇文章，距离你那场生日夜的麦当劳大哭，已经过去了半年。这半年里你果然信守诺言，没有一次提起过他。我一边为你感到心疼，一边又为你的坚强叫好。你要知道，遇到这种事的人，通常都会往复很久才能真正走出来。今天想明白了要拥抱新生活，明天又陷进去了没有他会死，直到这种往复渐渐消磨掉了他们的最后一丝气力，直到那个人带来的光芒越来越微弱，直到发觉没有那些光芒，生活也不是暗得伸手不见五指。

　　但你不是。你很聪明，又很勇敢。你敢于让自己死心在心最痛的时候，而不像其他人那样，因为怕痛，周而复始地用那个人发出的光，去治疗那个人给予的伤。我能看出这些，是因为那晚在黎明到来前，你说的最后那些关于他的话。你说，即使这样你还是要感谢他。感谢他的笑容，感谢他的温柔，也感谢他的善解人意。但你最感谢的，是他没有像普通男生那样迷糊且将就，随随便便就迁就了你，答应了你。

那样的话，那些光就不复存在了。那样的话，你就不会爱上他了。那样的话，你就不会坚信，这个世界上还会有另外的像他一样美好的人存在了。

不是吗?

天桥

因见惯了茫然和沉默而具有灵性的场所之一。
现今，只要有人趴在天桥栏杆上，即便是歇息，
旁观者都会认为此人心里有伤。

Everything is as touching as you

03

PART THREE

-PART THREE-

我不能
再陪你怀念了

66 我们每个人，在爱面前都只能是谦卑的学徒，只能学习，要学的也很多。这一课我们要学会的可能是如何保存回忆，下一课，在面对未来遇见的人的时候，我们可能还要学会面对承诺。可能在很久以后，我们还要学会面对失去，学会不去因为没能好好告别而黯然神伤，学会不去因为有缘无分而怨天尤人。但我依然会真心祝福你，也祝福我自己，祝福我们在往后的人生里，不会有机会上这些令人难过的课。99

好像我们恢复联系，是从你一条写着生日快乐的朋友圈消息开始的吧。那之前我们已经有近一年没联系了。你那条朋友圈的配图，是一盆多肉。我知道那句生日快乐是写给谁的，毕竟那盆多肉是我买的嘛。

那盆多肉是我在超市花十三块钱买的，印象中当时还没开花。那是一盆对我来讲很重要的多肉。哈哈，每次一说这种话，我就会想起上小学时把一位女同学的手工剪刀弄坏了。女同学哭了。我说赔你一把新的还不行吗？女同学说不行，说你知道这把剪刀对我来说有多重要吗。后来知道了，这把剪刀对她来讲也没多重要，就是在普通文具店买的一把普通剪刀，买的理由也很普通：上美术课要用。

可我们不都是这样的吗？给普通生活里的一些事物强加意义，以此来显得生活并不那么普通。我虽然明白这个道理，但还是想大言不惭地强调一句，那盆多肉真的很重要。重要不在于那是我们俩一起去买的，而在于那是一种象征，象征我第一次跟除父母、室友之外的人一起生活，第一次跟喜欢的人一起生活。

一起过日子，似乎都是以买一些根本用不着的东西来作为标志的。

说起来真是惭愧啊，我是个没养过的人。比这更令我惭愧的是，我不仅是个没养过花的人，我还是个并不打算养花的人，这些都是我买了花之后才意识到的。那盆多肉，我照顾了不到一个星期就全然抛诸脑后了，一直都是你在打理，和你养的其他花花草草一起。虽然惭愧，但还是要感谢这是一盆花，而不是其他什么能跑能动的生命，不然我真的就罪过不浅了。

当然，更要感谢你。

我想感谢你的地方还有很多。前段时间看到一条微博，大意是谈恋爱是个好事情，谈过恋爱才能发现自己是个蠢货，是个让人发现自己所有缺点并自省改正的过程。这个观点我是举双手赞同的，虽然人们谈恋爱的目的并不是提升自己，但这确实是让人们最快成长的一种方式。

这几年里，我的确成长了许多，在逐渐变成我希望成为的样子。我跟你的那段日子虽然结束了，但依然对我的成长起着作用。说句不好听的，那段生活里的我，已经成为现今生活中的我的反面教材了。可能这样讲对你有些不公平，但那些年的我，的确表现得很差劲啊。我一边惭愧，又一边感到好奇，到底是什么让你怀念过去那段日子的。

可我们不都是这样的吗？给普通生活里的一些事物强加意义，以此来显得生活并不那么普通。

回忆就不一样了，会被时间冲刷得越来越美，甚至美到能够代替最初的真实。

　　应该是我们恢复联系不久之后吧，突然有一天，你发给我了一张照片，那株多肉竟然开花了，我甚至怀疑你偷偷施了农家肥。说句老实话，看到新照片里的老背景，我确实有些触动。那毕竟是我生活了近两年的地方。近两年的城市和天空，近两年的空气和味道，像是老妈拆旧毛衣似的，骨碌碌就抽开了我的记忆。于是我不得不暗自感叹，原来我的生命里还有这样一段神奇的，像是我从哪儿偷来又还回去的一段时光。

　　真好。我是说，能偶尔这么不经意怀念一下，没有别的目的，也没有别的杂质，干净简单地怀念一下，真好。

　　但是啊，你有没有发现，人世间有一些事情是很复杂的，有一些事情的本质，是很伤人的。于是人们发明了很多种说法，来应对这些想不明白，也没办法解释清楚的事情，比如，爱过；比如，都过去了；比如，会祝福你的。

　　这种说法其实挺误人子弟的，应该怪罪到书和电影里的浪漫故事头上。之所以能误人子弟这么多年，可能是因为，大家心甘情愿被误导吧。好比说我很早以前听过一句很流行的话，大意是梦到谁就去见谁，生活就是这么简单。这种说法乍听起来豁然开朗，但其实吧，稍微上点年纪的人就会知道，这样会把生活搞得更复杂。这当然不是说梦到谁还要欺骗自己说不在意谁，而是说梦到谁不能代表我们天天都想梦到那个人。就像某一刻我们特想吃小时候吃过的某种食物，不代表我们一天三顿都特想吃那个，何况根据经验，就算吃到大概也会觉得，好像也没那么好吃嘛。梦也一样，梦里还有很多其他东西，是不是，有时候还莫名其妙有奥特曼呢。

　　如果我没记错，你把我删掉，应该是上个月吧，因为我不知如何去好好回应你关于怀念的词句和照片。我知道这样做很伤人，我真的知道。在看到你发来一连串"别以为我想跟你复合"之类的气急败坏的话的时候，我就知道了。但你要相信，我特不愿意伤人，相信我真

在那时啊，我们要学会胸有千言万语，只与天说。

的特不愿意伤人，尤其是你。但我的不好好回应还是伤害到了你。

　　对于回忆这回事，我有着一种过于偏激的保护方式。人生中与我擦肩而过的人太多了，有些是情愿的，有些是不情愿的，但总有东西留下，有些是从沙发背后翻出的明信片，有些是钉在墙上逐渐发黄的拍立得照片，有些就仅有回忆了。明信片和拍立得照片，随着搬家会莫名其妙地消失，回忆就不一样了，会被时间冲刷得越来越美，甚至美到能够代替最初的真实。但很多年以后，我终于意识到，回忆也是会消失的。抹除回忆的元凶不是时间，而是回忆里的人，带着新的模样，重新出现在你的面前，和你一起怀念过去。这是件残忍又无奈的事，永远以巩固回忆为初衷，永远以拆除回忆为结局。

　　这也是我不知如何去配合你一起怀念的原因。因为我们已经不是过去的我们了，剩下的唯有回忆了，我不想连回忆都走了样，成为一个个如梦初醒又无言以对的，似曾相识又没有名头的瞬间。这个道理，相信你已经赞同了，因而才删掉我了。你在删掉我之前发了一条很长的诀别信。结尾是，后会无期。

　　好一句后会无期。

　　看到那句后会无期，我的心里确实难受了一阵，但也知道只能这样。我知道后会无期才能保护一些最珍贵的东西，我知道你也知道了。说过的嘛，恋爱是让人成长最快的一种方式，无论是其间还是其后，无论是你还是我。

　　我们每个人，在爱面前都只能是谦卑的学徒，只能学习，要学的也很多。这一课，我们要学会的可能是如何保存回忆；下一课，在面对未来遇见的人的时候，我们可能还要学会面对承诺。承诺变质了，不代表承诺的时候不真心；承诺真心，也不代表以后就不变质。可能在很久以后，我们还要学会如何面对失去，学会不去因为没能好好告别而黯然神伤，学会不去因为有缘无分而怨天尤人。但我依然会真心祝福你，也祝福我自己，祝福我们在往后的人生里，不会有机会上这些令人难过的课。

　　最后，又一次，也可能是最后一次，再说说我们吧。其实还有一件事情，我想告诉你。也许我们以后啊，真的就后会无期了，也许我们以后还会在某个街角相逢，关于这一点其实我都准备好了，我甚至连开场白都想好了：哎，好久不见，听说你现在过得不错啊，开的那家小店生意好吗？那就好，那就好，也别太忙了啊，要好好照顾自己。不过，我知道你们会照顾好对方的，是不是？

　　在那时啊，我们要学会胸有千言万语，只与天说。

110

沙发背后翻出的明信片

能够暂停打扫房间的利器。

只要看到，便会停下来，坐在沙发上盯着它发呆。

坚
强

Everything

is

as touching

as you.

Everything is as touching as you

04

哭泣的时候，
你总要做些什么

"真正伤心的人，除非万不得已，否则不会刻意去找人安慰，因为他们知道，伤心终归是安慰不好的。比起来自他人的安慰，他们更在意的是伤心怎样才能消失，何时才能消失，而不是想尽各种办法，采用各种方式，让更多人看到他们伤心的模样，承认他们伤心得很有道理。"

　　自产生记忆以来，我所能记得的第一场哭泣发生在我四岁那年。哭泣的人不是我，而是我最喜欢的幼儿园老师。至于为什么喜欢她，我后来才明白：她比其他女老师漂亮，笑起来不像阿姨，像大姐姐。

　　如今我当然记不得她哭泣的事由，只记得她是哭着来喂我喝粥的。而接下来的细节，我记得异常清楚：因为勺子太大，粥总是顺着我的嘴角流下。她便一边喂，一边用勺子刮掉快流到我下巴上的粥。或许是这一举动引发了我的灵感，或许是下巴被刮干净的感觉很舒服，我便也举起手指，刮了刮她脸颊上的眼泪。于是，她笑了，笑得超甜，边笑边亲了我一口。

　　很有可能是由于这件事，成年后的我对于女人的哭泣总是很在意。不论影视作品还是现实生活，一看到就立刻跟着难过起来。但并不是所有的哭泣都令我心疼。那些歇斯底里、撒泼打滚的就让我多少有些不适。这种偏见貌似也和我未成年时的某次经历有关。

　　刚上初中时，我遇到了一位女生，这是我人生中遇到的第一位单独约我去她家做客的女生。她也在我面前哭泣过一次。很惭愧地，我对这场哭泣没有任何感觉。这位女生刚关上家门便问了我一句，你知道我回家后做的第一件事是什么吗？有些人可能会知道，这是我某篇故事里的台词。对这篇故事有印象的人可能会记得，这位女生的下一句台词是"大哭一场"。说完，她立刻捂着脸瘫坐在对面的沙发上，就那么大哭了一场。

虽然这位女生的眼泪再真实不过，虽然我也本能地递了纸巾，但我对眼前的这一幕大抵是没有感觉的。我当时的第一反应是，搞什么啊？自那以后，我非常排斥去别人家里做客，尤其是单独约我的。一是害怕再次遇见这种令我不知所措的阵仗，二是为我注定的无动于衷感到惭愧。直到我的几位哥们告诉我那位女生也用同样的方式吓过他们，我才终于能从这件事的阴影中走出。

那些令我触动的哭泣的女人，绝不是这样的。奇妙的是，她们都跟我的那位幼儿园女老师有点像。我一开始以为像的是漂亮，只有漂亮女人的眼泪才惹人怜，长大后才发现并非如此。在经历了另外三位姑娘的哭泣之后，我终于搞明白她们到底像在哪里了。

第一位是我的同事，一位个子小小的美编。我们那家杂志社的工作要求比较严格，经常需要我拿着稿子站她身后，根据字数限制和排版要求和她一起删改原稿。她是个工作效率很高的姑娘，每篇删改都不会超过十分钟，除了那次。那次她不断犯一些平常不会犯的低级错误，犯到最后她自己都不好意思了，小声嘀咕"今天怎么老是看不清"。那时我才注意到她声音不对。探到她身前

她说没有痛苦是可以分担给别人的，说不说，痛都是
她自己的，她一个人撑一撑，反倒不会那么狼狈。

一看，发现她脸上正挂着无数道被屏幕发出的白光映得一闪一闪的泪痕。

　　虽然她知道我已经发现了，却还是紧盯屏幕，假装眼泪不存在。直到我把她拉到茶水间，她才终于肯告诉我是怎么回事了。原来在改稿之前，老板娘将她羞辱了一番，说她"妆那么浓是来上班还是上钟"。那位更年期的中年妇女经常来公司视察，但凡有些姿色的姑娘都是她的泄愤对象。我这位同事平常上班是不喜欢化妆的，这次中招是因为情人节，她提前化好了妆，想着晚上吃饭时让男朋友有面子一点。我劝她直接请假算了，惹不起中年妇女总躲得起吧，她却抹着眼泪摆了摆手，笑说，多大点事啊。

　　第二位是我的老友。说是老友，我也是相处了好几年才真正了解她。她是我认识的人当中最爱哭的一个，但没有一次是故意让我发现的。而第一次，是在我们去必胜客吃饭那天。那天邻桌

Everything is as touching as you

坐了一对带小孩的夫妻，一家三口你喂我我喂你的，幸福得跟电视广告一样。我的这位老友不知怎么了，一反常态地没有食欲，目光时不时往邻桌那边瞟。我开玩笑问她是不是当了小三，撞见私下里偷情的男人了。她却鼻头一皱，突然站起来，急匆匆就往卫生间走。从背影来看，她正用手捂紧了嘴巴。那天她在卫生间待了很长时间，回来的时候，补好的妆却仍旧没有掩盖住红肿的眼睛。

也是直到很久以后我才得知，她父母那段时间离婚了，她忍不住哭泣，是因为看到邻桌一家三口和睦的样子，触景生了情。我责怪她当时为什么没有告诉我，不拿我当朋友。我说虽然我不能帮你解决什么，但你说出来总会好受一些的，朋友就是有分担痛苦的作用啊。她却翻了我一个白眼笑我幼稚，讽刺我们男生总是成熟太慢。她说没有痛苦是可以分担给别人的，说不说，痛都是她自己的，她一个人撑一撑，反倒不会那么狼狈。

第三位是我的室友，一位插画师。她倒是不怎么爱哭，可能是因为射手座的缘故吧。只不过那次被我不小心撞破之后，我才发现她并不像以往宣称自己是射手座那样大大咧咧没心没肺。她只是凡事都爱逞强。那次我因为出差提前回到家，一开门就被客厅里的一幕吓了一跳。我的这位室友光着脚踩在客厅的地板上，一边哭得直跺脚一边在画板上画画。她的脸上除了擦眼泪时蹭上的颜料，还有一条绑在鼻梁上面防止眼泪滴到画纸上的毛巾。她见我回来，先是呆立了半分钟，继而像见了鬼一样大叫着奔回卧室。我怎么敲门都敲不开。

那天晚上，直到半夜她才饿得从卧室里滚了出来，一边大口吃我买的外卖一边告诉我，她刚刚结束了长达五年的感情。我这才恍然大悟，每到深夜家里发生的灵异现象都是什么鬼了。那是她在房间里的各个角落捏着嗓子哭。她也才坦白，那段时间，只要我一上班或一上床，她就开始肆无忌惮地哭了。睡觉前哭，醒来后哭，洗头时哭，洗澡时哭，吃早点时哭，哭到中午睡一觉，下午起床继续哭，一边哭一边还要赶在截稿日前完成插画。

…………

经历过这三场哭泣之后，我终于明白这样的哭泣，这样的姑娘，到底为什么令人心疼了。

因为她们是真正在伤心的人。真正伤心的人，除非万不得已，否则不会刻意去找人安慰，因为他们知道，伤心终归是安慰不好的。比起来自他人的安慰，他们更在意的是伤心怎样才能消失，何时才能消失，而不是想尽各种办法，采用各种方式，让更多人看到他们伤心的模样，承认他们伤心得很有道理。也因此，当他们的伤心不小心被人发现时，他们才会惊慌失措地不安着，否认着，即使他们无力为自己的伤心编出冠冕堂皇的理由，也会为自己的失态抱有真心实意的愧疚——直到对方伸出肩膀，张开手臂，他们为自己的伤心设立的那一道兵来将挡水来土掩的屏障，才会在瞬间溶解开来。

很惭愧，我最终不是那几位姑娘愿意毫无保留当面哭泣的人，我也很遗憾没能为她们的伤心提供多少正面支持的能量。但我深知，我的心疼对她们来说是完全多余的——

她们会好，而且比很多人好得更快。

就凭她们在独自哭泣的同时，还在做一些别的什么。

这就是我为什么会被这样的哭泣触动的原因，也是我觉得她们和那位幼儿园女老师相像的原因。女老师在哭泣的同时，没有忘记给她负责看管的小朋友喝粥，一边流泪，一边将滴到我下巴上的粥用勺子刮干净。我的同事即使被老板娘无辜讽刺，也没有忘记要完成当天的工作，一边流泪，一边坐在电脑前和我一起改稿。我的老友即便仍处于父母离婚的悲痛当中，也没有忘记像往常一样吃饭，一边流泪，一边端起汤碗咕咚咕咚大口喝。我的室友即使刚刚结束长跑恋情，也没有忘记她和编辑的约定，一边流泪，一边坐在画板前赶稿。

平常做什么，伤心的时候依然在做什么。

她们在伤心的当下，并没有把伤心看作无法逾越的障碍，更没有把伤心奉为高高在上的神明，没有给伤心留下一丁点肆意摧残自己的机会。虽然她们像任何一位姑娘一样，因为伤心而无法阻止哭泣，但她们在掉眼泪的同时会死死咬紧牙关，照常吃饭，照常洗澡，照常工作，照常刷碗，照常收衣服，照常逛淘宝，照常给花浇水，照常按时睡觉，照常将生活一如既往地过下去，假装伤心不存在一般，假装伤心无所谓一般。

伤心曾击垮过无数人，它会一次又一次地不断尝试，让人们蓬头垢面衣衫不整，让人们食不下咽寝不安席，让人们给自己一个堕落的理由，一个放任的出口，一个可以任由伤心生长的家园。而我说的，坚信这几位姑娘会好，而且比很多人好得更快，是因为伤心拿这样的人，是一点办法都没有的。伤心会在一次又一次被无视之后，失去继续尝试的兴趣，直到觉得再继续赖着不走就没意思了，转而去寻找那些更把伤心当回事的人。

　　其实这几位姑娘，比起常人也没有多勇敢，也没有多乐观，她们知道哭泣的时候总要做些什么，是因为她们天生就懂得，在自己最伤心、最难过、最脆弱的时候，更要给自己最好的照顾。

　　这样的她们，真的很漂亮。

她们在伤心的当下，并没有把伤心看作无法逾越的障碍，更没有把伤心奉为高高在上的神明，没有给伤心留下一丁点肆意摧残自己的机会。

Everything is as touching as you

你们有十年没见了。

我不得不承认，当她约你再见面的时候，我跟你一样兴奋和紧张。我兴奋是因为，她的故事你已经对我讲过无数遍了，其中的每一个细节我都知道，因此我能与你感同身受了。你说她是你的整个青春，可十年前的你才刚刚情窦初开，纯得甚至不知道那就是喜欢。你说你青春里最后悔的一件事就是当年没能睡了她，因此，你要在这次见面之前，找我帮你做个万无一失的计划，来补偿你亏欠自己的整个青春。

其实我知道，你当年何止是没有睡她，别说你没有拥抱和牵手，你刚认识她那年甚至连正眼看她都不敢，就这样悄悄喜欢了十年。这也是我为什么会跟你一样紧张的原因。我太了解你了，你就是个正儿八经的怂货，你虽然想，但你不敢。你说这些纯粹就是为了过过嘴瘾。

虽然我没把你的话当真，但我毕竟要给你面子不是？我明白你来找我就只是因为你的内心被这次邀约搞肿胀了，太肿了，肿得不跟人倾诉就炸了。但既然你问我怎么办了，我就还是得替你想想办法。

我问你她怎么约你的。你嘿嘿一笑，像是早就准备好了似的，翻出了你跟她聊天记录的截图。咳，我一看到那几张截图，心立刻就荡漾了。她说的那些"你可要准备好，我要找你喝通宵哦""你知道我现在在想什么吗？哈哈，不告诉你""明天就要见到你了，好开心"——哪里是约见面，简直就是在问你约不约啊。

　　我又高兴又嫉妒地狠狠拍了一下你的背，合不拢嘴地说你可以啊。你却反倒在一旁卖起了乖，故意皱着眉头问我她到底什么意思。虽然你那副既羞涩又嘚瑟的表情很是欠打，但这毕竟是有些人一生都修不来的好福气。所以，我还是决定为你这走运狗换上严肃脸，认真陪你装了起来。我说什么意思你还不懂吗？不用讨论了，到时候顺水推舟就行了。你很诚恳地点点头，说，其实我明白的，我也就是跟你显摆一下。

　　……滚。

　　第二天，你跟我发了一张你俩在机场见面后的合影，说，她来了噢。我说你还有空给我发信息，不知道春宵一刻值千金吗？快别聊了，在额头上绑个针孔摄像头就可以了。没想到，那天你再没给我更新过任何信息。我看着你空白一片的朋友圈感慨道，人，果真都是见色忘友的。不过我倒是很为你高兴，屎人有屎福，享受是应该的，反正你这辈子也没几次这样的机会了。

　　结果，第三天一大早，你终于给我发信息了，你说她坐明天的飞机离开北京。我问你昨天开不开心。你说开心，非常开心。我又坏笑着问你爽不爽，你却反问我什么爽不爽。我实在是快要被你这副得了便宜的欠揍样搞火了，说你自己知道。让我没有想到的是，或者说，跟我想到却担心的一样，你说你们并没有做那种事。

　　我压制住心中的一百万句脏话，问你们昨天都干什么了。你说主要就是聊天。我问那你们聊什么，你说聊过去，大部分都是她说，你听。她说她最恨你的一件事是，你在她的同学录上只写了一句话：我们是很好的同学。然后你为了填满空白，在周围鬼画符似的画了关系一般的同学才会画的百事可乐、万事如意、一帆风顺、笑口常开。但她恨的不是那些鬼画符，而是你给你们的关系下的那个定义：很好的同学。昨天，她趁着喝了酒的醉意问你，在你眼里，她真的就只是你很好的同学吗？你摇了摇头，说不是。你犹豫了一下，说你们是"很好的朋友"。

　　说真的，我身边要是有个导弹，我现在就能按下按钮落到你头上。你不是说从第一天见到她起，就喜欢上她了吗？为什么要说你们是很好的朋友？你说你也不知道，你心里想的是"你是我喜欢了十年的姑娘"，但一出口就不是了。

　　你说她还有一件更恨你的事，你也是直到昨天才知道。你当年借了她一本书，一个学期都没有还给她。那是她最喜欢的一本名叫《退魔录》的书。在你们换宿舍、她悄悄混进男舍楼要帮你打理的时候，却发现那本书被丢在桌下的垃圾桶里，上面还围着一堆废纸。因为那是她最喜欢的一本书，所以她对封面再熟悉不过了。她说封面上有一个女人，那个女人有一副哀怨的神情。当她看到那个神情出现在垃圾桶的时候，突然觉得那个女人就是她。

　　你说直到昨天，你才终于搞明白了一些事情。明白她当年正帮你收拾着行李，突然站起来红着眼眶跟你吼了句"我真想剁了你"，是什么原因了。但你那个时候并不清楚，还纳闷地挠着头，冲她夺门而出的背影问了句，我又怎么了。

可你直到昨天，都不敢告诉她那本书为什么会在垃圾桶。

那本《退魔录》，是你为了跟她搭讪而借的。你迟迟没有还给她，一个是因为，你怕这本书还给她，你们俩之间就再无关系了。另一个是因为，那本书里，夹了一封你写给她的情书。整个学期里，你每天都想把书还给她，但你不敢。就在她突然出现在你们宿舍门口，要帮你整理东西时，你想起的第一件事就是那本书。你一边慌慌张张地搪塞着她，一边将那本书悄悄藏在身后，找了个机会塞到垃圾桶里，准备等她离开后再取出来。

可这些，相对于昨天的她出现在你面前，根本不算什么啊。她虽然嘴上说恨你，但她愿意坐飞机来看你，说明这些并不是恨，而是埋怨啊。我小心翼翼地试探着问你，你想将这些秘密永远保留下去，是不是因为……她长残了。你说不是，你说她跟以前一样好看，好看到你一见到她，就怀疑你们并不是十年没见。我又问你是不是觉得她人变了，因为我有过这种经历，见了一个好久没见的曾经喜欢过的人，虽然见面之前会激动兴奋，但从见到的第一眼起就心如止水了。不是外表的问题，就是感觉不对了。但你说也不是因为这个。我有点搞不懂了，问你那到底是因为什么。

你说，因为太开心了。

　　因为太开心了？我以为我听错了，重复了一遍你的答案。你点点头，说是，因为太开心。

　　你说昨晚发生了很多开心的事，你说最开心的一件事发生在你们俩看完电影，在电影院外打车的时候。那一刻，似乎连老天都在帮助你。因为你们看完电影已经是凌晨了，等了一刻钟都没有空车过来。她站在你身旁，突然挽着你的胳膊说，你要是现在能打上车，你提什么要求我都满足你。你心里一热，那一句"我可以吻你吗"已经顶到喉咙了，但出口的却是一声冷笑，你像是不受控制似的，说，少来，我也就是十年前会上这种当。

　　话音刚落，空车就来了。

　　我问你后来呢。你说后来就是你们俩都没有说话，有点尴尬地上了车。而那一句我可以吻你吗，当即被车外的北风吹得一干二净。我说你确定以后想起来不会后悔吗，你说不后悔，你说她能说出那句话，你就已经很开心，很满足了。你说这样反倒比你不识趣地提出要求更好。如果因为一时鲁莽而说出一些过分的话，做出一些过分的事，这种开心就戛然而止了。而她，你小心翼翼珍藏了十年的她——你的整个青春，也就会立刻消失不见。

　　你说其实你知道，你心里想的是那句你是我喜欢十年的姑娘，一下笔却变成了我们是很好的同学，你说在你脑海里徘徊了十年的那句我可以吻你吗，话到嘴边却变成了我不会上你的当，是因为什么。因为当一个人真正爱上另一个人的时候，是卑微的，是低到尘埃里的。

你说完这些，我突然就有点理解你了。

　　理解你，为什么会用如此狗屁不通的话来安慰自己了。

你的这些行为，跟卑微没有任何关系。卑微是什么，卑微是明确知道那个人不爱他，也要无怨无悔地放下所有标准和底线、自尊和操守，一如既往地爱下去，对对方好下去。低到尘埃里，是因为自知不能和光芒相守在一起，心知肚明结局是随着落下而消失不见，也要为了证明光芒的存在，在光芒身边闪耀一阵子——这才是卑微。卑微，非常伟大。

而你就仅仅是自私。

自私到为了不让自己受到一丝你想象中的伤害，为了令那份使你陶醉的你的深爱维持得更久一些，你选择将她那本夹着你情书的书塞进垃圾桶里，哪怕那是她最爱的一本书；自私到为了不让你的自尊受到威胁，为了保护内心那份多年后将会酿成甜美回忆的酸涩委屈，你选择用"我们是很好的同学"来否认掉你对她的感受，否认掉你和她三年的朝夕相伴。即使在十年后，她明确提出你丢掉那本重要的书、你说出那句平淡的话伤害到了当年的她，让她以为她在你心中是不重要的，你却还是死死咬住真相，不肯让她好受哪怕一点点。

她是你的整个青春？——你才是你的整个青春。

你既然认为自己是尘埃，那么尘埃又有什么可顾忌的。

你太爱你自己了。

当你昨天看到她那些因为你的否认、你的拒绝而低落、而尴尬、而失望的眼神时，当那些眼神证明了你在她青春中的重要性比你预想的要高时，你是多么的欣慰啊。能够通过继续伤害她来得到这些欣慰，让自己多年来伟大的酸涩在伤害她时得到一丝舒展，让自己多年来宝贵的委屈在伤害她时得到一丝缓解，你就已经很开心，很满足了。

而她是怎么想的，根本不重要，因为你根本不会给她任何说出她是怎么想的的机会，她在每一次跃跃欲试，将气氛往暧昧和美妙的方向牵引的时候，你都会用一句伤害她也伤害自己的话将她堵住，不是吗?

你太自私了。

你有没有想过，说不定，你也是她的整个青春啊。

　　说不定她来找你，是想在你这里给她的青春找寻一份答案啊。你要知道她可是个姑娘，千里迢迢来找你，也许是需要耗费好不容易积攒了十年之久的勇气才能下决心的事。就算她不是这个意思，她来之前说的那句"不要想太多，我才不是为了看你，是顺便看你哦"是真的又怎么样，就算她来之后的那句"你要是现在能打上车，你提什么要求我都满足你"是开玩笑又怎么样，就算她那天所有的行为举止都是因为喝了酒，让你会错意了又怎么样，就算你的整个青春都是你自己"想象"出来的、因为你的鲁莽而土崩瓦解又怎么样，就算你仅仅是本着让一个姑娘开心，对跟所有姑娘一样、都喜欢有人宠爱的她说一句：你知不知道那些年我有多喜欢你——用你所谓的整个青春，博她十年后的莞尔一笑，又能怎么样呢？

　　你既然认为自己是尘埃，那么尘埃又有什么可顾忌的。

　　在我对你说完这些话之后，你又不回复信息了。我自知话有点重，跟你发了好几条道歉的信息，比如"好啦我都是脑子一热瞎说的，你不要太在意"，比如"还没缓过来啊，其实我就是因为犯过这种傻，不想让我哥们儿我一样后悔才这么说的嘛"，比如"你不能因为这些话跟我绝交吧"，还有最后一条"Be a man，ok？"——你通通都没有回复过我，甚至在我最后打电话的时候，关机了。

　　直到第二天深夜，我终于看到你发的一条朋友圈。朋友圈配着一张"你的整个青春"在机场的背影，底下是一句话："后会 __ 期"。我趁着你应该不会那么快关机的当口，一个电话打了过去。你在电话里半天不说话，我"喂"了好几声，又道了好几次歉，才发现你不是在沉默，而是在偷偷地笑。笑完才跟我说了前一天发生的事。

　　前一天晚上，你关机不是因为嫌我说话重，也不是因为嫌我道歉烦，而是因为有些事要做。你去花店里买了一大束玫瑰，然后打车到她的宾馆门口敲了门。你说你就是为了当面说一句话。我一听就慌了。按照你这傻瓜一贯的行为模式，不是说我喜欢你，就是说我爱你。猪都知道表白不能说陈述句啊，陈述句是表态，而表白该是一种邀请，必须得是问句才行啊。可我没想到，你竟然比我想象的要聪明很多。

　　你当时说的是：昨天你说的，当时我要是能打上车，我提什么要求你都满足我，这句话还作数吗？你说她有点迟疑，她说我要看我能不能做到。你从背后拿出那一束玫瑰花，说，我喜欢你十年了，做一天我的女朋友，好不好？

　　你说，你的整个青春都笑了。她笑着问，怎么，才一天啊？

万物
和你一样动人

Everything

is

as touching

as you.

热忱

Everything is as touching as you

01

PART ONE

-PART ONE-

我只想安静地
努力一会儿

" 你说我们这群人是不是笨，那还真是，笨到家了，笨得除了努力，别的什么都不会了。可我们这群笨蛋，心里也都明白着呢，只能努力的人要是再不努力，可就真的什么都没有了。"

回北京第二个年头了。我不是北京人，说回是因为这是我第二次决定留在北京。第一次则是来念大学。上高中那会儿，我对北京着了迷，一本二本八个志愿都填了北京，哪个学校无所谓，北京的就行。后来我琢磨明白了，我对北京着迷是因为地铁。我之前从没见过地铁，上初中那会儿来北京见了。我仍记得是二号线的朝阳门站。我站在黄线外，地铁开来，风就起来了。我就是因为那股地铁带过来的风对北京着迷的。

那股风太快了，太现代了，太时尚了，简直像电影里的情节。

再回北京是 2014 年的 12 月。这次的原因没那么少年，反倒有些老性：我在南方活得不顺利。除了工作没着落，朋友没几个，积蓄也用完之外，一个更重要的原因是，那边的气候让我隔三岔五就生病。我本打算再撑一段时间，喵喵却在我某次发烧烧得死去活来时打来电话，说我太惨了，非让我回北京。一个恍惚，一个软弱，我就坐上了回北京的飞机。这一回就是两年，快得像那股地铁带过来的风。

其实走出学校后的这几年，我自己是没意识到我的惨。即使是在南方，我发着高烧，哆哆嗦嗦去附近的便利店买一份加肠的车仔面，盘腿坐在行李箱前吃的时候。回北京后的这两年，在朋友的帮助下，在自己的努力下，生活逐渐顺利起来，我就更没觉得我惨了。直到一位前辈说了一句话。

那股风太快了，太现代了，太时尚了，简直像电影里的情节。

　　这位前辈之前想跟我合作来着，想让我帮他写个故事，于是我便带着以前写的东西给他看。结果他不太满意。他说风格不太适合。我说没关系，以后有其他机会要考虑我哟。其实我没觉得怎样，当然有失落，但在合理范围内，毕竟也不是第一次被拒绝了。过了大概一个星期，我都快忘了这茬了，前辈突然在凌晨四五点发来微信。我一看，失眠了。

　　他说真奇怪，这几天总睡不着觉，你不符合我的需要也是理所当然，但我为什么就觉得对不起你了。我说，我没觉得你对不起我啊，你想多啦，不过也不至于"理所当然"吧，做人不要太坦诚嘛。他又说，可能就因为是你吧，我总觉得你不该过这种奔波操劳的日子，我总觉得你该过得更好。我说那不然你给我打钱吧，我把支付宝账号给你。

　　也不知为什么，现在已经不能跟人好好说话了，总要扮出一副"我没事啊，我很好啊，哈哈哈"的样子，或许是不想让自己显得脆弱吧。细想一下，这种伪装又是有必要的，毕竟流露脆弱是件自取其辱的事，毕竟除了父母，没有人会真正在意你的苦难。可父母又是你最不能透露苦难的人，他们担心你的神情，比羞辱更让人难受，那是一种让你土崩瓦解般的心碎。

　　但我不得不承认，听前辈说他觉得我应该过得更好的时候，我心里确实仓皇一跳，委屈了一下，像是胸腔里有个鼓得满满的气球被人戳爆了。这个气球里装着所有我不去想也不愿去承认的事物。

　　是的，一个人过得好不好，自己怎么可能会不知道。

　　很久以前听过一句话，大意是什么都没有的人，才会向往大城市，因为大城市相对公平。这句话原来在我这里是讲得通的。我一开始误以为向往远方是胸有大志的体现，后来才明白，向往远方是因为家乡没有你的地盘。小城市需要家世背景，大城市起码还有未知。于是，

毕竟流露脆弱是件自取其辱的事，毕竟除了父母，没有
人会真正在意你的苦难。可父母又是你最不能透露苦难
的人，他们担心你的神情，比羞辱更让人难受，那是一
种让你土崩瓦解般的心碎。

我这种三无少年，便背上了一包没有家当的空瘪行囊，由此便踏上了通往未知的旅途。

我属于天生愚笨的那种人，有一个道理，我在辗转了三个大城市后，花了三年多时间才想明白，才接受了——大城市，也是大城市人的家乡啊。

我在大城市认识几个家境很不错的朋友，不爱炫富、人很好的那种。其实相对于他们的家境，更令我羡慕的是他们的眼神，友善、单纯、无所谓，理解不了为什么有人会为生计愁得失眠的眼神。真不是他们故作姿态，而是他们压根就理解不了，就好像你也理解不了他们也会有烦恼一样。

于是，理所当然的，命不好这三个字就在我脑海里出现了。

这个想法刚出现的时候，连我自己都吓了一大跳。我一个曾大言不惭"一生年少"的少年，为什么会有这等消极懦弱的想法？可是，这个问题就是房间里的大象，而且这头大象在你的生活里定居了，意识不到是不可能的。尤其是别的孩子天南地北去玩，我在朋友圈里看着他们天南地北去玩的时候；别的孩子一个接一个地换手机，我对按键失灵的手机说你还没坏彻底的时候；别的孩子换车买房，我还要继续还父母欠下的几十万元债的时候。

你所得到的，你所失去的，就是应该的，
不论天意还是人为。

总会委屈一下的吧。委屈一下，总是可以的吧。

尽管委屈，但道理我还是懂的。那位前辈说他觉得我不该奔波操劳，该过得更好，他这样"觉得"其实是有失偏颇的。因为在这个世界上啊，没有什么是该不该的。你所得到的，你所失去的，就是应该的，不论天意还是人为。

我尽力不去怨天尤人。命不好这个想法虽然在我脑海中一闪而过，但我万万不会允许自己说出口，即使我身边很多人都这样说过：和韩寒一个年龄层的写作者，说自己至今默默无闻是命不好；和马伯庸一个公司的工程师，说自己未能飞黄腾达是命不好；和李易峰一个节目的小艺人，说自己没能一炮而红是命不好。旁人听到这样的话也只能笑笑，掂不清若安抚他们说你不是命不好你就是不够努力，该算作安慰还是落井下石。

我知道这些朋友为什么怪命不好，他们啊，把曾和那几个人擦肩而过的瞬间，误解成曾和他们站在同一起跑线上了。但我又非常能理解他们，毕竟，不去怨天尤人，茫茫人海中没几个人能做到。小时候见别家孩子口袋里有糖，自己口袋里没有会委屈，七十岁见别家老人怀里抱孙子，自己怀里没有也会委屈。这种委屈在天性里，是没办法避免的，之所以说委屈不对，是因为我在委屈过千万次后，知道委屈并不能解决问题而已。

虽然知道这些，但命不好这三个字，我还是没忍住说过一次。

前段时间在北京见了另一位前辈。前辈在推广一位跟我年纪差不
多大的朋友，这位朋友我也认识，前辈算是他的老板。前辈问我一个
月赚多少钱。我照实告诉他了。前辈很惊讶，说怎么那么少，我们那
谁，我一个月给他是你的十倍。我说真的吗，真好。前辈又问了一遍
怎么那么少。我笑着说，可能我就值这么多吧。前辈说我没觉得你比
他差啊。我真不知道怎么回答了，只好苦笑着说，那可能就是我命不
好吧。说的时候我没发现，说完才愣了，前辈也愣了，但我们很快就
掩饰过去了。前辈转移话题，我也笑着接梗。但我笑的时候啊，咬着
牙在心里发了一个誓，命不好这三个字，这辈子就说这一次了。

前辈那天说了很多，说正在帮朋友策划新节目，目前来看很有前
景，前辈说明年要为那位朋友准备新项目，业内除了他还没有人肯花
工夫这么做。我坐在一旁听着，笑着，说真好，说这样真的很好。我
是真觉得好，就像在电影里看到有情人终成眷属，在节目里看到有心
人功成名就一般，真心为我这位博来命运眷顾的朋友觉得好。没有委

Everything is as touching as you

屈，我知道委屈没用。不会羡慕，我也知道羡慕不来。毕竟人和人，是不一样的嘛，不论资质或运气。这就是问题，这也是答案……

152

你现在是这个样子，是因为，你现在就应该是这个样子的啊。

但我说句不怕大家伙笑话的话，我啊，还是想再努力看看，看看能不能改变些什么。不是不信邪，也知道不一定能成功，但就是想再努力看看。不是想证明给别人看，也知道不一定有别人看，但就是想再努力看看。

我这样想，我身边也有很多朋友这样想。尽管我们嘴上抱怨着，心里挣扎着，喝着酒骂天骂地骂自己，一觉睡起来，还是想再努力看看。我一哥们儿，IT 男，最近准备创业，想钱想疯了，买打火机都只敢买红的，说招财。除了工作就是看书，净看些管理学、消费心理学之类的书。他说他知道这种书聪明人根本不用看，天生就会，但他不会，他说知道看了可能还不会，但看过才能甘心。我另一哥们儿，基层白领，面临成家，女方要房，父母凑钱把首付交了。某天他发现他妈脖子上带了十几年的金项链不见了，他妈没说啥，他也没说啥，只是躲屋里哭了三天，第四天拿起相机和朋友搞了个婚庆摄影，他说他要赔他妈十条金项链，让她换着带。

…… ……

　　我身边还有很多这样的哥们儿。你说我们这群人是不是命不好，真不是，能选择的东西才有资格说好坏。你说我们这群人是不是笨，那还真是，笨到家了，笨得除了努力，别的什么都不会了。可我们这群笨蛋，心里也都明白着呢，只能努力的人要是再不努力，可就真的什么都没有了。

　　总之，加油吧。一起，如果你愿意的话。

Everything is as touching as you

02

PART TWO

-PART TWO-

愿你我
永不落单

在这个世界上挣扎着的，辛苦着的，等待着的，不只有我一个，也不只有你一个。不论我们是否曾在匆匆过往里相识，不论我们是否将于茫茫人海中相遇，不论我们最终喜欢的是否是同一片天空，都请继续闪耀吧，都请坚持闪耀吧，为自己闪耀，也为同样在闪耀的其他人闪耀，让彼此都能看得见，让彼此都更有力量地，一直闪耀下去吧……夜空或许就是这样被点亮的。

　　到目前为止,我这辈子听过两句让我瞬间掉泪的话。是同一个人说的。这个人是我的死党,叫他 Y 吧。Y 是我的高中同学,到现在认识十来年了。我对 Y 第一印象极好,超越了相见恨晚,快接近一见钟情。对我来说,一见钟情的对象可以是所有能让人产生"啊,就是他"的感觉的人或事,除了情人、友人,也包括一间风水极佳、走进去让人顿觉身心舒爽的房间,或一件逛完商场仍心心念念最终折回去买的衣服。我对 Y 的第一感觉就是,啊,就是他,他就是我的死党。

　　现在再想,恐怕这份一见钟情有两个很具体的原因。一是 Y 为人好,初次见面时难得地跟我握了手,且匆忙扯掉了手套。你要知道,我们那时只有十五岁,你还要知道,我们那里是小镇,是一个某天清晨我想去桥上看日出,却发现桥上有很多大便的小镇。真诚而美好的人在这个小镇是绝不多见的。二是 Y 眼里的光。那是只有那些被称作理想主义者的人眼里才有的光,明亮且炽热,笃定而无畏,几乎能烧穿现实,笔直地朝未来照耀过去。一看到这道光,我便知道我们会成为死党,就像即将灭种的族群在人声鼎沸的他乡一眼认出了同类。

　　事实上,第一印象总不会错。Y 跟我的确是同类,我们对理想一词有着超越一切的膜拜情结。认识 Y 之后,我终于能够毫无愧疚地畅谈那个小镇从来都不在意也听不进去的,关于梦想和前方,关于浪漫和英雄主义的话了。那时我们最喜欢也只喜欢聊的就是未来,不是哪个专业前景更好,哪个大学保研率更高,而是很幼稚的那种,幼儿园小朋友说长大想当宇航员的那种。

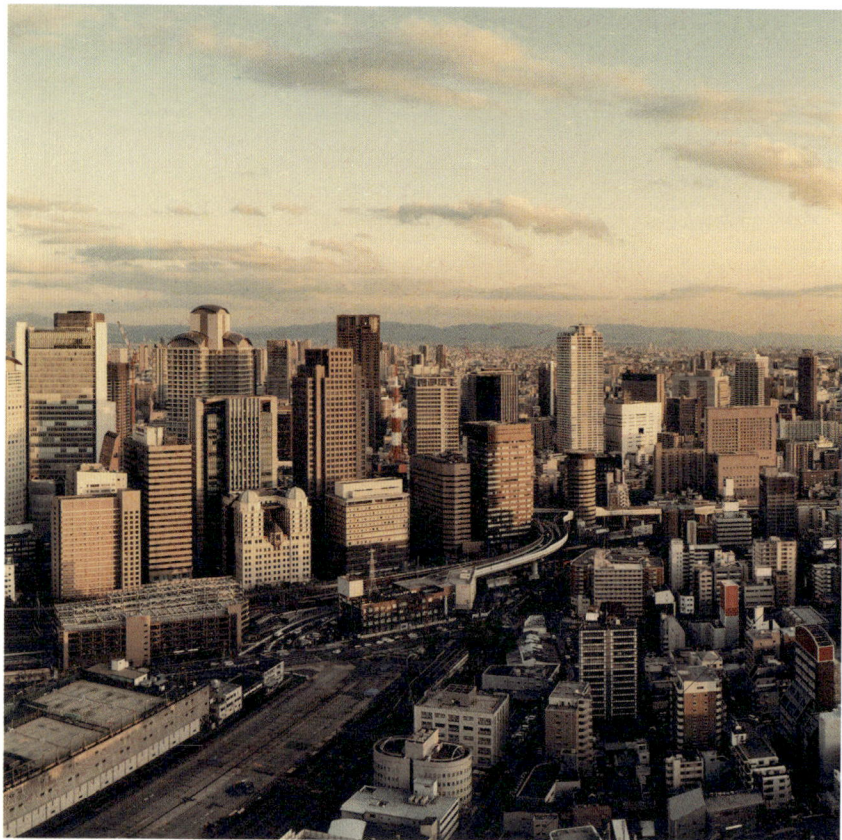

直到很久之后我们才明白，实现，是需要
将现实翻过来的。

Y 最大的理想是漂洋过海去日本。他喜欢日本动漫到了近乎痴狂的
地步，尤其对日本动画导演新海诚。虽然他常自嘲和新海诚唯一的共同
点是"都很宅"，但我知道他胸中的天空绝对和新海诚笔下的一样壮阔。
Y 曾说，我们和日本动漫最大的差距不在技术，而在态度，这种态度是
骨子里的，在国内生活是模仿不来的。因此，Y 上大学并没有选择动画
专业，而是选择了日语，为去日本生活做准备。

在这群被称作理想主义者的人当中，Y 最难能可贵的是知道自己
要什么，也知道该怎样实现。直到很久之后我们才明白，实现，是需
要将现实翻过来的。相比之下，我的理想就相形见绌了，我想去的地
方不用漂洋过海，是坐火车就能直达的北京——选一个北京的大学就
梦想成真了。

上大学之后，虽然我跟 Y 不在同一个城市，但我俩通的电话，
甚至超过了跟父母软磨硬泡讨生活费的时间，不论我打过去还是他打
过来，对方都会从宿舍一跃而起，直冲楼道——知道这个电话没两个
小时结束不了，也知道那些关于未来和理想的话，矫情得让外人听不
下去。

印象中，整个大学时期，我们只有刚上大二那阵联系比较少。那
时 Y 交了女朋友，还以"你懂得"为理由跟我借了几次钱。不过他
俩没过多久就分了，原因 Y 没说，我也就没问，身为死党毕竟懂得
想说的时候自然就会说的道理。但在那之后，虽然我们恢复了联系，

我却总感觉 Y 跟以前不一样了。一定有什么事情发生了，我想。同样，原因 Y 没说，我也就没问。

Y 最后一次跟我聊未来，是在我们刚上大三那阵。不在电话上，而是 Y 连夜坐火车来北京跟我聊的。因为前一晚我给他打电话说想退学。Y 是瞒着我来北京的，所以当我看到他站在我宿舍门口，直接被吓傻了，以为我快被退学的念头折磨出了幻觉。Y 问我见到他高不高兴，我说高兴。Y 又问我可知道他为啥来北京，我说不知道。Y 笑了笑，说，我就是想用实际行动告诉你，我支持你，我真的支持你。

我从未在 Y 眼里看到那么亮的光。

仔细一看，才发现那不是光，而是即将涌出又生生忍回去时一闪而过的眼泪。那时我才知道了 Y 在大二那年经历了什么。他并没有交女朋友，管我借钱也不是出于"我懂得"的原因，而是他那时得知了一种不需要花太多钱就能去日本的方式：他们日语系那年有两个到大阪的交换生名额。

Y 没有告诉任何人，包括他的父母，尤其他的父母，知道他们不会答应。Y 在选择日语专业时就曾跟父亲大吵了一架，理由却是可笑到我都不大敢相信的他父亲亲口说的那句"你要敢跟日本鬼子扯上关系，我打断你的腿"。Y 的腿最终没有被打断，他也最终还是选择了日语专业，代价则是上学后的这几年，他父亲没有跟他说过一句话。

　　得知这种去日本的途径之后，Y 瞒着所有人，申请且拿到了名额，并从一位前辈那里联系到大阪一家专门招收外国留学生兼职的温泉浴场。前辈提醒他工作会很辛苦，经常要忙到凌晨四点，但这些，Y 怎么会介意呢。一个真正的理想主义者听到"辛苦"甚至会高兴，因为辛苦对他们来说是最容易逾越的障碍。唯一令 Y 苦恼的是前期费用。因此，他开始借"女朋友"的名义在我们这群好友里四处"行骗"，据说我给的最多，直接包了他坐火车去上海，再从上海飞去日本的机票。我埋怨 Y 为什么不早说，早说我给他前两个月的安顿费。Y 笑了笑，没说话。

　　Y 是在火车站被他父亲抓住的。就在出发当天，Y 终究因为不舍和愧疚给他母亲打了一个电话，被她听出了声音里的异样，以及车站里回荡着的广播。Y 之所以那段时间没跟我打电话，是因为他父亲在火车进站检票前一秒赶到了。他一把抓住往进站口逃窜的 Y，却不慎将他甩到地上。Y 被一拥而上的人流踩得肺部挤压，在医院里住了一个多月才能用正常的声音说话。

　　两年后，Y 考上了公务员。上班之前，Y 又来北京找了我一趟。那天 Y 很开心，喝了很多酒，考上公务员像是终于了结了他一桩夙愿。我也很开心，也喝了很多酒，喝到最后我俩都迷糊了，便互相搀着去吹凉风。Y 坐在台阶上，用几年前那副口吻问我见到他高不高兴，我说高兴。Y 又问我可知道他为啥来北京，我说不知道。Y 笑了笑，说，那你知不知道，我这个公务员是给我爸妈考的。我也笑了，我说知道啊，我说我当然知道了。

我是他十多年的死党，我怎么会不知道。我十多年的死党眼里的光就这么没了，我怎么会不知道。支撑我死党眼里的光的那些有关未来的想象就这么被封杀了，我怎么会不知道。这两年里，未来二字从他一提起就兴奋的药剂变成一触碰就沉默的忌讳，我怎么会不知道。

Y的第一句让我瞬间掉泪的话，就是这时候说出口的。他说，对不起啊，小北，不能陪你了，我这辈子就交待在这儿了。

我不知道你们对陨落这个词是怎么理解的，我一听到这句话，眼泪立刻就下来了。我的脑袋里突然就出现了一颗即将陨落的星辰，不骗你。这颗星辰跟任何一颗都不一样，更明亮也更巨大，出现得来势汹汹，却抵不住大地更迅猛的牵引。这颗星辰拼尽全力抵抗着，旋转着，加速着，想要达到脱离大地的第一逃逸速度，却最终精疲力竭，湮没于大气层中，拖着长长的如挽歌一般的明亮火焰，在落地前的最后一秒燃烧殆尽，就那样永远地消失了。

Y的那句话意味着什么，他比我还要清楚。他说知道用不了两年，他就将混入曾最不想成为的那一类人当中。生命中所关心的再不是天地万物，而是年终福利能不能比去年多五百元，单位分水果要考虑给哪些领导送去。他说他会比常人苍老得更快，因为时间对他的意义，从帮助他赢取未来的筹码，变成延缓他平淡死去的消磨。他唯一能收获的，是日复一日强加给他的与年龄不相称的平和。他说他要逐渐练习不去想起新海诚，因为那片天空已经开始让他隐隐作痛，假以时日，会成为顽疾。

这个世界上虽然有很多星辰在不断地陨落着，但还有更多的星辰在千方百计地升起。这些星辰从那些被称为命数的小星系中逃逸出来，来到更广博的宇宙里，一边努力与牵引他们陨落的力量做着抗争，一边不断追随着他们眼中那道不可磨灭的光所指引的方向。

　　直到很多年以后，我才能对陨落这个词逐渐释怀。陨落这种事，实在是命途里再常见不过的一种情形。可能发生于身边的人，也可能发生于我自己。那些曾一同启程或半路相识，决定共走一遭的同伴，不知道哪一天就会有人突然停下来，弯着腰摆摆手说，对不起我真的跑不动了，我想休息一下。那时的你们都没有意识到，这场名为休息的停留，就是一场仅次于生和死的诀别。有些人会跟随认定的方向继续前行，有些人则会渐渐收起与生俱来的光，逼自己忘却曾发过的感天动地的誓言，隐匿于他们曾嘲笑过无数次的那片生不如死的灰暗里，把余生最热烈的几次心跳，奉献给彩票开奖的那一刻。

164

我不得不承认我是个太善于寂寞的家伙，把踽踽独行当成前行的命途中最令人伤神的悲哀。我用了太多场夜半神失和蓦然心碎，才将刚开始的埋怨挽回驻足回望，换成了现在的微笑告别咬牙前行。但心里，还是期待着的，期待有人能和我一起为年少时夸下的海口正名。终于，在

在这个世界上挣扎着的，辛苦着的，等待着的，不只有我一个，也不只有你一个。

我完成了一次又一次的命运迁徙，决定停留在一开始就魂牵梦绕的北京之后，我发现了一个让我欣慰的事实，这也是让我对陨落一词真正释怀的原因：

　　这个世界上虽然有很多星辰在不断地陨落着，但还有更多的星辰在千方百计地升起。这些星辰从那些被称为命数的小星系中逃逸出来，来到更广博的宇宙里，一边努力与牵引他们陨落的力量做着抗争，一边不断追随着他们眼中那道不可磨灭的光所指引的方向。

　　他们有些藏匿于咖啡馆里，白天是笑容可掬脾气很好的帮工，夜晚则在咖啡馆二楼用几个垫子加一条床单组成的床上，看各种有关电影制作的书。这颗星辰想当一个纪录片导演，前不久刚上完专业培训的课程。我问他觉得这样的生活苦吗，他反倒觉得这样的问题不可思议，说苦才好，不苦反倒会心虚。他们有些乔装成服装店里的导购，直到周末才能脱下工作服，化身于在愚公移山①和MAO②之间穿梭的贝斯手。这颗星辰想出一张专辑，去年最开心的事是登上了摩登天空音乐节的舞台。你应该想象不到吧，这个贝斯手超喜欢吃枣糕，因为枣糕是相同价格里体积最大的饭。他们还有些甚至是窝在地铁口的蹦蹦车夫，在开车的时候兴奋地告诉每位乘客要将这台蹦蹦开到乡下去给他爸爸用，因为他已经攒够了钱买一辆更省油的。除了对这位星辰叮嘱要注意安全，悄悄在心里为

①②均为国内知名音乐演出场馆。

他祈祷之外，我更感谢的是他，以及其他所有试图升起的星辰，对我的
生命产生的巨大意义——

在这个世界上挣扎着的，辛苦着的，等待着的，不只有我一个，也
不只有你一个。不论我们是否曾在匆匆过往里相识，不论我们是否将于
茫茫人海中相遇，不论我们最终喜欢的是否是同一片天空，都请继续闪
耀吧，都请坚持闪耀吧，为自己闪耀，也为同样在闪耀的其他人闪耀，
让彼此都能看得见，让彼此都更有力量地，一直闪耀下去吧……

夜空或许就是这样被点亮的。

Y 的第二句让我瞬间掉泪的话，是他去年过年跟我说的。和我不愿
去想的一样，也和他当年预测的一样，跟前几年相比，Y 眼里的光果然
黯淡了不少，举手投足间透露着他所谓的与年纪极不相称的平和。直到
被我发现了他隐瞒我的另一件事情，这种平和才被他的惊慌失措所打破。
我在他家阳台抽烟时，发现角落里堆着好多大小不一的木板。我问 Y 那
些是什么，Y 慌忙跑过来，像是才想起来这些木板的存在。他一边红着
脸狡辩，一边阻挡在我与木板之间，徒劳地挡住我的视线。

那些木板上，画着各式各样的天空。

这是 Y 这几年每天从单位下班后悄悄画下的天空。每片天空下都有
一个相同的签名，这个签名我似乎在哪里见过。我说你该不会出画集了吧，

这个签名我印象很深。Y终于不再害羞和扭捏，笑着说他哪有那么大本事。他打开电脑，点开某个日本动漫的视频，在播放到十多秒的时候，他的名字出现了——××日语字幕翻译组组长。

我笑了很久，眼泪都笑出来了，我说原来这个人是你啊，原来我看的字幕是你做的。Y又恢复了之前的扭捏，说他其实也是闲的，打发时间而已。沉默了会儿又抬起头说，其实还是放不下，就当练习日语了，万一以后能用到呢。说完，Y开始哈哈大笑，眼里又闪起了那道我多年都未见到的光。

回家路上，Y给我发来一条信息，是句日语："一緒にきらきらになりましょう。"我用翻译软件一查，眼泪立刻就止不住了——

"我回来了，希望小北君不要嫌弃呀。"

愿我们都是不落的星辰。愿你我，永不落单。

愿我们都是不落的
星辰。愿你我，永
不落单。

Everything is as touching as you

03

PART THREE

-PART THREE-

比你优秀的人，比你还拼

"我并非是不注重结果，只注重过程的明白人，但我注重怀揣着希望的感觉，我喜欢怀揣着希望的自己。我只是希望——借用《那些年我们一起追的女孩》里的台词所表达的意思：无论我做什么，都希望这个世界会因为有我，而有哪怕是一点点的不一样。这个要求不过分吧？算上我无意中引发的蝴蝶效应的话。"

　　要不是朋友提醒，我一直以为自己是没有 QQ 签名的，是很酷的人。但没想到我不是。我顺着签名点进"说说"，看到自己用过的签名竟然多达两百条，整整排了十页。我看着它们，它们也看着我，似乎在说你见或者不见，我就在那里，傻 ×。

　　那天发生的事情，我已经不想再回忆了。只记得翻完那两百条签名，我终于理解想自杀是什么感觉了。还好，提醒我去自杀的朋友最终告诉我，他聊起的目的不是嘲笑，而是抱怨。他说每次见到我两年前写下的、一直沿用至今的那条签名，都会心灰意冷——

　　"比你优秀的人，比你还拼。"

　　他问这句话是不是我的原创。我说不是。他又问这句话是不是对我打击很大。我说我实在记不起来了。我说这个签名沿用两年应该是因为太忙了，忙着忙着就忘了换，继而把自己当成了很酷的，没有 QQ 签名的人。

　　但其实我还记得，我清楚地记得换那条签名是因为什么事。

　　因为那一刻，我终于接受了自己是个普通人的事实。

　　我从小不算好强的人。一个是我不需要好强。在我出生并生长的小镇，几乎是没有人用功的。大部分人选择上学，似乎是因为否则就没事干了，因此我只要写写作业就可以拿到年级前五。再一个是永远考在我前面的那四个，妈呀长得实在是太丑了，丑到让我丧失了竞争的全部欲望，认为他们学习好是天经地义的事。印象中，我的成绩只在高一下滑过，甚至考过全班倒数，因为我对网游《魔兽世界》着了魔。但在高二的某一天，我突然产生了不能再这样下去的念头。凭借这股冲动，我删掉了所有游戏账号，继而开始了自学。两个月后，我的成绩上去了。

只要我想，没有我做不到的——那时我便是如此自以为是的。那时我还不知道，我之所以在我的人生中所向披靡，是因为我的人生仍处在简单模式。

我第一次遭遇打击，是在我上大一刚参加军训的时候。因为排斥军训这种集体无意义的行为，我选择面试了广播员。后来证明我的选择是对的，一想到没有跟一堆身穿迷彩服的同学跑来跑去、用身体组成"领导好"三个大字，我都有种劫后余生般的庆幸。而那份打击，便出现在我待了两个星期的广播室里。

某天早晨，我像往常一样去编辑部拿当日播报的新闻稿，他们还没来得及打印。部里一位女生指了指打印机让我自己来，我立刻就傻眼了，因为我只会用电脑玩游戏。我红着脸照实说不会用打印机，女生这才抬起头，像是听到了什么喜讯，睁大眼睛问，你不会用打印机？

我摇了摇头，硬着头皮说不然我试一下吧。女生就那么带着笑看我，没说行还是不行。我深吸一口气，开始坐在电脑跟前搜索如何打印。打印的过程确实比我想象的简单，但我还是犯了错误，没有将他们摘到文档里的新闻进行整编，直接就照网上列的步骤打印了。本来一张纸的信息，一共打了五页。打到一半，女生突然跑过来冲我吼，你有病吧，纸不要钱啊。然后又用身体将我从打印机旁挡开，说，回你广播室吧，我一会儿给你送过去。

十分钟后，那位女生带着新闻稿来了。我实在惭愧不已，一边点头哈腰向她道谢，一边抓耳挠腮向她道歉。女生倒是没搭腔，但把稿子递给我后并没有离开的意思，倚着门框站身后看我调试机器。那句打击到我的话，就是她在这时说出口的。

她说其实你也挺普通的。

我在这里郑重感谢一下那些需要花很长时间调试的老机器，不是它们，我真不知道接下来该做什么。我虽然装作没有听见，但那份长达数十秒的面红耳赤和沉默无语还是出卖了我。接着，女生又说了一句话，哎呀，我是不是伤到你了，不好意思啊。唉，这句比刚才那句还伤人。就好像在说，哦，对不起，没想到我这么快就把你打败了。

可能是因为我第一次遭遇到这种打击吧，我至今都难以释怀。按照我当年的拙见，一个男生若被女生评价"挺普通的"，相当于被判了死刑——没有吸引力，在进化论中则意味着丧失求偶竞争力，也就意味着被淘汰。后来跟朋友提起这事时，有人觉得那女生过了，也有人对我不以为然：说你是普通人有错吗？大家都是普通人，难道你自认为与众不同？是啊，说我是普通人确实一点错没有。我虽自以为是，可我不至于自认是人间太阳，我为什么要介意别人说我普通呢。

可我还真就没有办法停止介意。

第二次接触到这样的字眼，是在我参加工作之后，跟我的主编有关。某天他叫我去他办公室，把我的影评甩到我跟前问，这是你写的？我笑了。因为他上次夸我写得好，也是像这样把稿子甩到我跟前，用这一句当开场白的。上次他痛苦地舔了一下牙缝，像是里面有根折磨他多时的韭菜。接着他说，烂，但以你的水平算惊喜了，不用改了，去吧。

所以我以为这次他还要夸我，便还跟上次一样，装作害羞的样子咧着嘴说是我写的。没想到这次他却笑了，那种无可奈何的笑。笑完扶着额头，说，你就这水平？这水平有什么脸在公司吊儿郎当的？等我脸上的笑容渐渐变僵，再从僵硬到消失不见，他还没有说完。我记得他这段话的结尾是，没想到自己还是看走眼了，其实你也挺普通的啊。

我之所以记得这句话，是因为他跟那位女生一模一样，语气里有种知道我将会被这句话打败的笃定。可我这次来劲了，觉得一定不能败，起码不能跟几年前一样，被我长达数十秒的面红耳赤和沉默不语所出卖。我连忙换上这几年学来的嬉皮笑脸，说，是，是，是，我真的很普通，普通人就这水平，普通人怎么能次次给人惊喜呢。主编笑得更厉害了，说，我怎么没看出来你觉得自己是普通人呢。我用多年前朋友噎我的那些话回应说，我当然是普通人了，大家都是普通人，主编您也是普通人，难道您自认为与众不同？

主编眯着眼睛看了我一会儿，说，你这种人啊，不但普通，而且不愿承认自己普通，被别人拆穿后之所以敢于承认，不是因为有风度，而是想让别人觉得没趣儿赶紧闭嘴，因为你根本受不住别人说你普通。你这样的我见多了，没什么特别的。

我真快炸了，恨不能冲过去给他一拳，因为他是对的。但我不服，我脸上的微笑更扭曲了，说，那主编您能告诉我，什么叫优秀的人吗？他说你自己都说了，就是能次次给人带来惊喜的人。我说能次次带来的惊喜就不叫惊喜。他说对啊，惊喜这个词就是给我这样的普通人说的，因为我需要超常发挥才能带来惊喜，但这种惊喜，对优秀的人来说也就是他们的随手一挥。

我就那样和主编静静对视了几分钟，然后站起身，拿起我的稿子走出办公室。两小时后，我带着一篇三千字的新影评重新出现在他办公室，恭恭敬敬地放到他的办公桌上，然后抱来我的手提电脑，坐他对面开始写辞职信，其间没跟他说过一个字。主编也没管我要干什么，只默默放下手里的工作开始看我的文章。在他看文章的过程中，我已经写好了辞职报告，并将电脑连到他桌旁的小型打印机上（是的，我已经会使用了）。如果这次他还不满意，旁边就会直接滑出一份辞职报告让他签字。

主编看完将稿子放在桌上，叹了一口气，说，看来你还真是个普通人。我微微一笑，正准备点击打印键，他举起那份稿子在我面前晃了晃，说，普通人就是你这个屌样，像这样的稿子，你应该甩到我脸上解恨才对。我想当场摆个很酷的表情骂他一句，但我毕竟太嫩，一高兴立马就忍不住笑了起来，边笑还边卖乖：我就是普通呀，我刚刚就是借肾上腺素拼了一下，一个普通人的超常发挥，以后指不定就没了。主编说，你还真别随口说拼这个字。

他说，比你优秀的人啊，比你还拼。

这句后来变成我签名的话，我当下以为是主编为堵我的嘴随口说的，因此没有太介意。再次想起这句话并将它换成签名，是在两年以后，在我正式承认自己是个普通人，自己对自己说了句"其实你也挺普通的"那天。

那是回到北京之后了。因为朋友推荐，我参加了一个电影评论赛。

在赛场上，我碰巧遇到一位我很欣赏的前同事。说前同事也不算，因为他是在我离开那家杂志社后才进去的，我只听说过他的事迹。据说他写东西很不错，但我欣赏他是因为他在办公室里放过一句话。我那位别扭的前主编问他怎么起那么烂个笔名。他说因为我写得烂。说完一笑，又说但在这个杂志社里，比我烂的大概有一百个吧。

我实在太喜欢这种不屑人间的人了，再说得不要脸一点，我感觉他就是那个命中注定能跟我一起把酒畅谈天地万物的知己，不求相爱相杀，也能亦敌亦友。但没想到我们第一次见面便是在赛场上——我输了，惨败。不仅输在赛场上，也输在我赛后与他闲聊时的举动上：我就连心悦诚服地搜寻语不惊人死不休的词汇来夸赞他，都是出于绝望地想在他心中留下一个并不那么普通的印象。但他仅轻轻一笑，说了句谢谢。我知道那个笑容是友好的，但无意间还是传递出那位主编曾对我说过的那句话——你这样的人我见得多了，没什么特别的。

这个世界上，总有那么一些注定会成为传说的人，你遇到他们，就像遇到山川和大海，除了赞叹和感慨之外，也将领会到自己的渺小。

我把那一句知己，把臆想中的无数顿酒永远咽在了心里，因为我知道，我只不过是他无数手下败将中的一个。我就是在那一刻意识到，我真真切切明明白白是个普通人的。在意识到这一点之后，我像个孩子一样，突然就想让人安慰我一下了。

　　我发短信问前主编，问他之前说我普通是不是真心的。他问我是不是比赛输给那谁了。我不晓得他如何得知的，但也无所谓了，只希望他能说出救命稻草般的"不是"二字。但他没有遂我意，反问我阅片量多少。我说两千。社里阅片量一千算合格，上两千算优良，而上四千是总监才有的量。主编说，两千已经很可以了，挺优秀的嘛。我松了一口气，正想说句谢谢，主编又发来一条：别太在意了，你输给他是天经地义的，他八千。

　　直到很久以后，我才想明白为什么我会对"普通"这个词介怀。我问了身边很多朋友，他们跟我一样，都说自己承认倒没什么，但别人说总会不开心。就像在街上随便拽一个路人对他说，哈哈，你只是个路人，他当然会不开心。这种不开心，那位主编也尝过，我反问他难道认为自己与众不同时，他心里也咯噔了一下，只不过年纪大的人脸皮已经厚到让人看不出面红耳赤罢了。而这种不开心，绝不是在否认自己的普通，更不是认为自己高人一等。

　　每个人都有追求"好"的欲望，想成为更好的人，想拥有更好的生活，想获得更好的对待，想在别人心中有更好的位置，这是人再普遍不过的本性了。而被评价为普通时会不开心，则是因为这两个字，将人们为变得更好而做出的努力都否认了，将人们对更好的未来抱有的希望都浇熄了，像一种"你永世不得翻身"的暗示。

　　奇妙的是，这种介怀，在我遇到真正让我甘愿服输的优秀的人，真正敢于承认自己是个普通人的那一刻，并没有发生。我没像前几次那样恼羞成怒，甚至也没有心灰意冷。我感受到的是一种甚至可以被称为喜悦的悸动，心中浮现出的是前主编几年前对我说过的那句"比你优秀的人，比你还拼"。

我虽然意识到我是个再普通不过的人，但我也终于明白，大部分人的优秀是天生的，但还有零星不是。我愿意为此一试。即使我为"变成更好的自己"这个目标努力了一生，最终却未能达成，我也不会后悔。当然，我这样说并不代表我是个不注重结果，只注重过程的明白人，但我注重怀揣着希望的感觉，我喜欢怀揣着希望的自己。我只是希望——借用《那些年我们一起追的女孩》里的台词所表达的意思："无论我做什么，都希望这个世界会因为有我，而有哪怕是一点点的不一样。这个要求不过分吧？算上我无意中引发的蝴蝶效应的话。

比你优秀的人，比你还拼。这个签名已伴随我快三年了，或许我会一直沿用下去。这句话不是我的原创，也没有对我打击很大，相反，每看到这句话我都会热血沸腾，因为它意味着：没关系，我也可以拼。

182

这个世界上，总有那么一些注定会成为传说的
人，你遇到他们，就像遇到山川和大海，除了
赞叹和感慨之外，也将领会到自己的渺小。

热
忱

Everything

is

as touching

as you.

Everything is as touching as you

04

PART FOUR

-PART FOUR-

自白　我的肆业生

"目标一旦明确，不论你是休学、退学、读研、读博还是出国，其实都已经无所谓了。因为承载你目标的外在形式已经不再是困扰你的问题了，他们只会顺其自然地等待你出发。或许你现在还看不清楚目标是什么，但一定得知道会有，而且要相信前面有个你想成为的你，在等着现在的你附体。"

这是一篇我于多年前写下的关于退学的文章。

几年前我曾在网上贴过，后来又删除了。删除是因为这一篇文章的观点后来在我的眼中过于稚嫩，但我这次还是把它选了进来，当然，是在进行了大篇幅的修改之后。选它不为别的，就为有不少网友说：看完终于有勇气做想做的事了。但更让我有成就感的是另一些网友的话：看完终于有定力安心学习了。

我想这就是这篇文章的意义，也是我所有文章想要达到的效果。它们不常说什么是对的，什么是错的，要去做什么，别去做什么。它们只是把事实摊开来，接下来做什么，怎么做，不同的人能看出不同的选择。如果在做这些事的时候，人们能够想起曾有个叫小北的人的做法，觉得对就尝试着作为参考，觉得不对就当做反面教材，对我来说，这就是最大的褒奖了。

我退学的原因很简单：不喜欢自己的专业。

上大学之前，我仗着学习能力以及高考成绩不错，既没摸清志趣，又对未来盲目自信。在这种"顺其自然"里养尊处优的我，几乎没怎么考虑过什么才是我真正想要的。因此，我选择专业只遵循了一个很中庸的原则：前景好。这是导致我退学的具体原因中，最初始的一个。

上大学之后，我严格恪守学长们"大一不玩是傻子"的指令，加入社团，参与活动，还风风火火地去外校主持节目。走上社会才发现，没在大学当过主持的人倒更显稀奇。眼瞅着大一快结束，收心的人越来越多，最后没剩几个，其中就有我。那时候，我唯一的心理安慰是学生会和里面的朋友，挺想为他们留下来，当然还想当部长。就在这时，一个点明我人生道路的学长出现了。我问他，要是能一直留在学生会，当部长，当副主席，当主席，我能得到什么。

学长说有两条路，一条是毕业后支教一年，回来本专业保研；另一条是毕业后留校工作两年，回来本专业保研。我一听脑袋都大了，这哪里是好处，这明明是惩罚啊。就跟相亲时一想到要跟面前的人过一辈子会害怕，代表绝对不喜欢那个人一样，我就是在那时意识到，我是绝对不喜欢我的专业的。于是，我没参加竞选就退出学生会了。也是从那时起，我开始认真打算以后的路。我为自己设想了一千种未来，没有一项和我所学的专业有关。

我到底想做什么？

这是我那段时间最常思考的问题。那时我并没想过要做文字工作，因为我从小语文成绩就一般，除了作文会被当成范文，其他的诸如阅读理解之类的大题目，我几乎都是以全错收尾的——每次都能总结出十几个中心思想，然后用抓阄的方式决定答哪一个。我后来认识了几个作家朋友，他们似乎天生就是吃这碗饭的——从小就

开始写作，并喜欢把写好的东西给朋友们看。我除了喜欢在博客和
空间里写一些给自己看的东西之外，再没有预示以后要成为文字工
作者的迹象了。

　　这个问题，直到大二我都没想出答案。于是大二这一年，我几乎
每天都是在自我催眠的状态下度过的：不要闹了，你是喜欢这个专业
的，不喜欢是因为还没有获得成就感；你可以的，你一定要坚持下去；
实在不行，起码也得混个文凭啊。这一年我强逼自己上课、看书、写
作业，却坚持不了几天就放弃，继而又坚持又放弃，再坚持再放弃。
我想尽办法去激发动力，但一想到我在为根本不想要的东西而努力，
所有的动力又会在下一秒钟消失得无影无踪。就好像我必须杀死恐龙
才能娶到公主，但我喜欢的其实是恐龙啊。

　　彻底放弃学习之后，我经历了有生以来最黑暗的时期。那时我最
快乐的时段是每晚临睡前，因为终于又熬过了一天；而每天醒来我都
痛苦得要死，因为没有任何支撑我起床的理由。我不去上课，不去玩，
也不去和其他人接触，每天就躲在宿舍看电影打发时间，或去图书馆
看哲学书和小说寻找生存意义。当时也没什么耐性，好看的书就一口
气看完，不好看的就随便翻翻。好在翻着翻着，我似乎距离那个问题
的答案近了一些。虽然我看不清它到底长什么样，但我肯定它是存在
的，而且就在那儿。

　　当然，我有考虑过转专业，想转哲学。很多人逃避现实时都想学

哲学。后来我才明白，思考一下自我、本我、超我真的是个人都会，不是所有没事瞎琢磨都可以称得上哲学思辨；我还想过转戏剧影视文学。好吧，你也看出来了，我想学哲学是因为那段时间我总看哲学书，想学戏剧影视文学是因为那段时间我总看电影——所以，明白了吗？我的某位想要做网络游戏设计的哥们儿。

但不幸的是，我们学校的转专业政策并不通达：成绩必须排到前百分之十才有资格转专业。由于我大一一整年没有学习，成绩惨不忍睹；况且我智商也不高，没本事无师自通；再加上我不是作弊天才，保证及格已经是极限了，所以转专业基本与我无缘。我当时很纳闷：成绩好干吗要转专业，可以直接修双学位啊。后来想明白了：学校可能是以此证明是否有学习能力，况且，其他学院也不愿意接收一位吊车尾的学生啊。

好在大二快结束时，我苦苦思索了一年多的问题，终于在我临近崩溃时有了答案：我想做广告。当时我认定自己有做广告的天赋。我武断的自信来源广泛，比方说我看广告时经常会想这条广告由我来做会是怎样，会不会更好（通常结论是一定会更好）；再比如据我妈描述，我从小就不爱看电视剧，只爱看插播在电视剧中的广告，等等。总之，做广告成为那段时间里，我唯一的救命稻草。

通过在图书馆查阅和学习与广告相关的书籍，我逐渐将做广告的范围缩小到了广告文案，继而又缩小到了"影视广告脚本"。我甚至还把我的广告之路都设想好了——先到一个小公司做文案，或从 4A 公司做实习生开始；为了和我"设想"出的美术指导配合更加默契，我甚至报名参加了一个校外视觉设计速成班；"设想"的结尾是我通过一番努力，当上了创意总监——凭借这根救命稻草，我重新燃起了希望，生活不再暗无天日。

退学吧，直接去做想做的事——这个念头就是在这时候出现的。

但劝我的人太多了，尤其我自己。包括我在内的所有人不厌其烦地对我说，你可以先混张文凭，到时候想干什么就干什么；你若一走，在这里耗的两年工夫就白费了；为什么九成人都能坚持下去，你却不行；以及最戳痛我的那一句，你就是想逃避现实。

我被这些人包括自己整晕了。加上性格里的懦弱，退学的想法就这样不了了之了，做广告的想法也就自然而然延期了。大三开学前，我提前返校，开始安心复习功课，准备补考等一系列事情。虽然退学的想法会时不时跳出来，但每次我都会用无数现实的理由压制住它。

可它就像一颗生命力旺盛的种子，在我心里生了根。

我记得是某个清晨吧，我像往常一样去图书馆复习我最头疼的重修课程"模拟电路"。复习之前，我像往常一样观察周围的人。几乎所有人——当然，像往常一样——都把脸埋得很深，加上面前堆着厚厚的一摞书，我很难看清楚他们的表情。我看到有人嘴唇翻飞，不到两分钟验算纸就用完了三四张，像是民国时期人工破译摩尔斯电码的特工；有人奋笔疾书着，参考书翻得噼啪作响，好像最后一次校对大典的演讲稿；自然，大部分还是玩手机的、吃早餐的、睡觉发呆的、网聊的、逛淘宝的、谈情说爱的……

"你知不知道自己在做什么？"我一字一顿地默声问，问眼前的所有人，也问自己："你到底知不知道自己在做什么？"

没有人回答。

我合上了那本《模拟电路》，长舒一口气。

我要离开了。

就是这样，那颗久埋于心中的种子终于发芽了。炽热、强烈，害得我差点在图书馆里吼出声来。代表"有件大事要发生了"的心跳告诉我，这次是来真的。我心里什么滋味都有，最强烈的是兴奋。我积攒了两年的消极情绪，此刻被洪水般的快乐冲得一干二净。我甚至想拉住一旁的陌生人，以马景涛拉住一个无辜路人的方式吼道，同学，我要退学了，我要离开了，耶……

后面的事，鉴于字数限制就不详谈了，若写出来篇幅还要增加一倍。大致是经过一个寒假，在老友们的强烈建议下，我把退学换成了休学，留个退路。但退学跟休学在我心里也就是迟一年或早一年拿到肄业证书的区别；因为坚决不用家里的钱，所以也是这几个老友帮我凑的住宿费和盘缠。那年二月末，办好休学手续的我以一个没文凭、没背景、没工作的"三无"人员身份去了上海，开始了我的新生活；第二年三月份，我重新回到北京办理退学手续，拿到了迟来一年的肄业证书。

这就是我大学退学的整个过程。

接下来要说的可能会让一些人失望。

为避免被误解为励志，为避免引起不必要的热血，我决定不对现在的生活做过多物质上的描述。退学的结果是好是坏，这是我个人的事，具有不可复制性，并没有参考价值。我只是陈述了每个大学生在那段时间都有可能面对的一种心态和事实。我唯一能说的是，直到现在，我偶尔还是会梦到在教室里奋笔疾书、在考场上挥汗如雨的场景。而每每梦到这些我都会惊醒，继而庆幸自己只是做梦，感谢当年的自己为自己负了责。

当然，还是有人会觉得惋惜吧，觉得我没有坚持下去就等于白白浪费了两年时间。我对这个问题的看法倒比较豁达，假如说那两年算

没有目标的人生才是最可怕的。没有起床
的理由的那段日子，回想起来，生不如死。

作浪费，我就更没有继续浪费下去的理由。可能有人会说，完整地浪费掉就会有一张文凭。对于这一点我暂且不发表意见。因为我所从事的行业，并没有让我遇到证书方面的坎。但我有很多朋友遇到过。他们去面试的大多公司都是直接按照文凭、资格证以及考级证一层层往下刷的："没有某某证的站起来，好，可以走了。"

我唯一需要反驳的是，暗无天日的那两年，对我来说并不是浪费时间。痛苦使人清醒，绝望使人明晰。虽然我最终还是没能在那两年的折磨中摸清我到底想要做什么，但我能意识到"虽然看不清它到底长什么样，但我肯定它是存在的，而且就在那儿"，我觉得已经很值了。而它到底长什么样，我也是通过近几年的摸爬滚打才逐渐搞明白。

我喜欢的其实就是表述。而文字是我到目前为止最擅长的表述方式。

退学后，我因为个中原因并没有从事广告行业，而是选择了杂志编辑，后来也做过电影营销策划，从去年才开始了自由写作生涯。但这些，其实无形中都围绕着"表述"这个主题。我喜欢通过我写出的文字来表达我的体验，以及对这个世界的看法。在这一点上，我从来没有偏离过我的航向。如果我在日后掌握了某种新的表述方式，我也不排斥会用新的方式来表述。

虽在文章一开始就提到，不会做上升高度、烘托主题之工。但我还是忍不住谈一点，也许你已从上文中看到——没有目标的人生才是最可怕的。没有起床的理由的那段日子，回想起来，生不如死。

能看我文章到这儿的人，谢谢你。我接下来要说的也不一定是规劝，只是略做感慨——这个世界上，没有人是没有目标的。我不会说什么你曾在亿万奔跑者中跑了第一，有什么理由不努力之类的假话，因为就算别的奔跑者赢了最后出来的还是你，只不过外貌和身体状况会略有不同。我要说的是，人终归是一种生物，就像飞蛾有趋光性，蚯蚓有趋潮性一样，人也有趋于美好的本能。你会朝向你希望中的那份美好，这是再正常不过的事。

这份希望中的美好到底是什么，有些人可能一出生就知道了，有些人可能需要像我一样探寻许多年。而这份美好一旦明确，不论你是休学、退学、读研、读博还是出国，其实都已经无所谓了。因为承载你目标的外在形式已经不再是困扰你的问题了，他们只会顺其自然地等待你出发。或许你现在还看不清楚目标是什么，但一定得知道会有，而且要相信前面有个你想成为的你，在等着现在的你附体。

至于我的未来是怎样的，我确实不知道。但是，我很安心。

又及：

对于能够坚持学业的朋友，我非常支持和羡慕。不断学习是一生当中最重要的几件事之一，我有时间也会到一些学校去旁听我需要了解的课程。我个人认为，除非天才，如比尔·盖茨、乔布斯之流，或明确知道自己想要做什么，如我之流，否则我恳请你坚持学业，不要退学。学位证在大部分行业里是管用的，甚至是必需的。当然，如果仅是为了逃避现实，就更不要退学了。

因为不论你逃到哪个角落，这个世界都是一样的。

Everything is as touching as you

05

PART FIVE

-PART FIVE-

孤独是上帝在提醒你，该充实自己了

"我信的东西有很多：信迷茫和困惑是命途迎接拐点时的震荡；信绝望和心死是准备重新出发前的蓄积；信人生中的每一个选择其实都无法选择，但最终会回归到最初的选择；信冥冥中的那一双大手，总是在以你意想不到的方式，帮助你成为更好的自己。"

三年前，我曾被问过一个对我来讲很重要的问题。这个问题是，你觉得人生的中心思想是什么。

那时的我刚走上社会，正处于一个前一天还口出狂言，后一天就会为前一天的言辞举动羞愧不已的阶段，一个没有遭遇过三级烫伤、粉碎性骨折、无麻醉截肢、尿道结石和难产，便信誓旦旦地向世人宣称"最痛不过心痛"的阶段。

我学《唐伯虎点秋香》里周星驰的语气笑说，这个问题问得好。为给我的答案增添分量，我调亮眼神，压低声音，继而用宣称人世间第一大真理的笃定一字一顿地说，人生的中心思想只有两个字，孤独。说"两个字"的时候我还举起了两根手指，傻得跟阿杜唱"四个字坚持到底"时举起四根手指一样。

但我那时的确认为，人生来就是孤独的。

因为我那时看的尽是些关于孤独的书。比如加西亚·马尔克斯的《百年孤独》，卡森·麦卡勒斯的《心是孤独的猎手》，理查德·耶茨的《十一种孤独》。我看那些书，并非在无意识地搜寻关于孤独的一切，而是那些书写得真好，好得让我产生了错觉——只有孤独是永恒的，是伴随人的一生的。

很久之后，我才明白一个道理：好是用来欣赏的，好不是用来相

信的，因为好和对是两码事。但那时的我却自认受到孤独的感召，为
此写过很多关于孤独的句子：

"不想谈感情，是怕谈了更孤独。而且要为另一个孤独的人，
伪装出一副不孤独的样子。好像两个被孤独策反却互不知情的间
谍，看似结盟，共同站在打败孤独的阵营里，却为孤独各自奉献
了一生。

"自始认为，一定年纪会有一定想法。二十岁为理想而活，
二十五岁挣扎于现实，三十岁承认并尝试顺应。如蝌蚪变态成青
蛙。当然，还有一部分人最终会长成巨型蝌蚪，一生都是幼态。
不知道这是不是好事。或许巨型蝌蚪能被收养，变成青蛙反而会
被吃掉。但有一点是无疑的：巨型蝌蚪，很孤独。

"多年以前，我不曾感到孤独，因为我还不清楚孤独为何物，
以为那是一种心情，一种思绪，一种天气或风景，一种理论或传
说。多年以后，我终于明白孤独是永恒的，且从未离开。我将如
呱呱坠地，为眼前这个即将永远陌生下去的世界啼哭那样，一如
既往地孤独下去。因为孤独是我的性格，我的命运，我的人生。"

其实写这些并不是因为我了解孤独，而是因为我害怕孤独。

就在独自旅行风靡全国那几年，我也跟风尝试了一次，继而发现
一个令我无比惭愧的事实：我是无法独自旅行的，因为我忍受不了那
份全方位、全天候的孤独。那次独自旅行，是我人生中最感孤独的经
历之一。当然也可能跟我刚刚结束一段长时间的恋情有关。那些对孤

独的消极看法，就是在那时写下的。

虽然我的内心已接受分离这个事实，但我的身体还没有完全接受独身这个现实——在那个陌生的地方，我遇到良辰美景的第一反应总是扭过头，想跟身旁的人分享些什么，即使一次又一次恍然大悟原来身边没有人；我等待红灯过马路之前总会伸出手，习惯性地往后拦一下，即使一次又一次扑了空，或打在陌生人身上；甚至是当我在便利店买东西的时候，总是会不小心买了双份，水买双份，饭团买双份，所有零食和日常用品都买双份，直到提着塑料袋走出便利店，才发现店外并没有人等我。

这些下意识的举动就像时刻敲响的钟声，总是在不遗余力地提醒我，你是孤独的，你是孤独的，你是孤独的。

比这更令人难以忍受的，是回到旅馆的夜晚。我基本要靠零食、啤酒、电视、跟老朋友们视频通话，才能勉强撑过去。好在老朋友们知道我的情况，也都迁就着我。但他们始终有个疑问：为什么我不打电话，而要视频通话呢？我说是因为太想你们了，但我知道，其实是因为我在那个时候必须看到人脸，我所熟悉的人的脸。必须看到。

Everything is as touching as you

这些下意识的举动就像时刻敲响的钟声，总是在不遗余
力地提醒我，你是孤独的，你是孤独的，你是孤独的。

后来每每想起那段经历，我都心有余悸，继而在内心鄙夷自己：看看你那时孤独成什么样子了。

直到多年以后，我在经历了另一些事之后才明白，我曾给自己下的无法独自旅行的这一定论，并不是真的。我那时之所以如此歇斯底里和孤独无助，是因为我会错意了，会错了孤独给我安排那趟旅程的全部旨意。孤独借给我独自旅行的冲动，借给我一份与它接近的契机，本意并不是嘲笑和玩弄我，而是让我在全方位、全天候的孤独中，练习如何与自己相处的。

孤独在我的旅馆后方安排了一座不用十分钟就能走到的山野。本意是让我去看看我一直心向往之的，曾经只能在武侠游戏里看到的竹林山谷，并为那些美景惊叹得暂时忘记了一切的。可我却在关上旅馆房门的一刹那，就把背上的行囊丢进柜子里，直到离去那天才取出来。放在枕边的那些登山指南，从此被当作放置瓜子皮的垫；孤独在我的窗前安排了一片拉开窗帘就能发现的湖水，本意是让我追随那些被湖面反射进房间里的光，去湖边吹吹风，并让我在长久的凝视中，发现生活里值得驻足的东西还有很多的。可我却在第一个清晨，就被湖水反射到墙壁上的斑驳光影搞得心烦意乱，我从此扯上了窗帘，直到离开那天都没有再让阳光进来过；孤独甚至在附近为我安排了无数咖啡馆和酒吧，本意是让我去观看那些来来往往的人，甚至去结识那些来来往往的人的。虽然我不敢说它会在那些人群中为我安排些什么，但谁知道呢。可那些咖啡馆和酒吧，我从来都只是路过，虽然我的路过也是漫无目的和方向的，但相对于和陌生的人群擦肩而过，我更害怕和陌生的面孔四目相对……

我在来到那个陌生的地方之后，就已打定主意待在我早已厌恶、早已不知该如何应对的空虚中，一边厌恶自己，一边和厌恶的自己纠缠不休。

让我意识到这些的，是多年以后的，我的第二次独自旅行。

那次我因为工作原因，去一个沿海城市出差。在提前将工作处理好，还剩几天多余时间的契机下，我将这次出差硬生生变成了旅行。说来也怪，虽然都是在陌生的地方，但顶着出差的名头，一个人住旅馆就没觉得怎样，可当行程具有了旅行的意义之后，我就后怕了。我联系了几位当地朋友，本想借住在他们家，但无奈他们都养了猫，而我又对猫过敏。最终，我只能硬着头皮住进了一家海滨旅馆。

我不得不承认，在去旅馆的途中，我是焦虑和慌张的，因为我被上一次独自旅行吓破了胆。但我并没有想到，我的这份焦虑和慌张，竟然会明显到被出租车司机看出来。他问我是不是晕车。我说我就是有点紧张。师傅说，去看海有什么紧张的，我们的海可好了，包治百病，抑郁失恋感冒发烧，去海边一吹就全好了。我被他逗乐了，笑他说大海能不能治大海恐惧症。他说都能治，恐惧症最好治，会游泳的话，找个人把我推到海里，扑腾两下就治好了。我说有那么神啊。他说了句特帅的话。他说，神不神在你，你看我们从小在海边长大的就没这种病，你怕海，那是因为你跟大海不熟。

真的，他说那句话的时候，我差点就产生幻觉了，觉得他脑袋上多了一个光环，就跟电影里演的那样，主人公在他的人生旅途中遇见的某位司机、某位行人甚至某位乞丐，他们在指点完主人公之后，突然笑吟吟地变成上帝。

你怕海，那是因为你跟大海不熟。

　　我就是在那一刻，终于领悟到了孤独的真正旨意。我之所以害怕孤独，原来是因为我跟孤独还不熟。因为不熟，我才会在它面前紧张、尴尬、不安、焦虑，不知该做些什么，不知该如何在孤独中好好跟自己相处。原来曾经那些时刻在我耳边响起的，让我意识到自己是孤独的钟声，本来是不断提醒我该去好好跟自己相处的信号。只不过我当时并不知晓。

　　于是，我决定按照那位"上帝"所说的方法，扎身于孤独中，好好跟孤独处一处感情。那几天，我几乎都是在看海中度过的。我独自一人坐在沙滩上，看着海面，吹着海风，听着海浪，想着过往，一坐就是一整天。刚开始会有些无所适从，就像面对陌生人一般无法泰然自若。但随着时间推移，随着我跟孤独越来越熟络，越来越默契，我发现我竟然能习惯这种生活方式，甚至会喜欢上这种生活方式——清晨，我被窗外传来的涛声叫醒时，会感到喜悦；夜晚，我被窗帘卷进来的海风催眠时，会感到安宁。而在这期间，在我醒着的、与自己做伴的时间里，虽然每天唯一要做的事情就是看海，但我的内心已经没有了先前的空虚和焦躁，剩下的唯有欣慰与平和。

　　原来孤独并没有我想象的那般不好相处。非但很好相处，它甚至还会给我很多意想不到的礼物，比欣慰和平更宝贵的礼物。

　　因为这份孤独，我终于有时间静下心来思考了，我的头脑越来越清晰，神经越来越清醒，甚至想明白了很多曾经花好几年都想不明白的事情。因为这份孤独,我越来越了解自己了,那些被人世的喧嚣和时光的荏苒雪藏掉的我最本真的初衷,都一点一点因为孤独的点拨,重新回到了我的内心。甚至,因为这份孤独,我越来越喜欢自己了,越来越觉得自己重要,越来越觉得应该为了自己,做点自己真正在乎的什么了。于是,在某个很平常的日子里,冷不丁地,我突然就想写点什么了,突然就觉得该写点什么了。那时我还没有意识到,我的写作生涯就是从那一刻开始的。

这一份我人生中收到的最好礼物,竟然是我的孤独送给我的。

其实我知道,误会孤独的人并不只有我一个。我们都曾在人生中的某个误以为人生需要华彩的阶段,认为孤独是惨淡并可耻的。我们甚至会以孤独为罪名,错判所有跟自己相处的时间。为此,我们付出了很多代价。

我们在夜深人静时,因为孤独,以为此时此刻有人陪伴才是活着的唯一正确方式,以为此时此刻若是无人相守便是荒废人生。我们在无人可念时,因为孤独,想起那些早已忘记的人和事,怀疑那些曾耗费我们无数次心痛才放下的东西,本不该放下。我们都曾在意乱情迷时,因为孤独,放低自己的标准和底线,说出日后令我们蒙羞的话,做出日后令我们追悔的事。我们都曾在百无聊赖时,因为孤独,放弃了充实自己的机会,饮鸩止渴一般,不间断地去追随那些只要停止,就会让我们更感孤独的东西——比如一群人的狂欢,比如节目里的喧闹，比如酒精和药物作用下的姹紫嫣红——就如同害怕安静而把音量调到最大，突然结束的那一刻，让人什么也听不见的，是比安静更寂静的耳鸣。

　　可那些，并不是孤独的本意。

　　如今令我很庆幸又很遗憾的一件事是，我仍是一个无神论者。庆幸我会因此愿意去探究本质，遗憾我会因此缺少来自信仰的力量和指引。虽然我对看不清、看不懂背后运转的体系保持不受影响的态度，可我也深知，世间有些事物的存在与否，与我个人的相信与否是无关的。因为说到底，我也并不是一个绝对的人，这种奇妙又充满诗意的机制，我也是相信其中之一的。

　　我信冥冥中的注定，信万事万物皆有理由，信枯荣开败自有安排。

　　我虽不信离别是为更好的相聚，但我信离别时若有不舍，不舍就是有"终有一天"的预兆。我虽不信相聚的总要离别，但我信相聚时若有间隙，间隙就是从此天涯的端倪。我虽不信念念不忘必有回响，但我信痛是因为爱还有气力。我虽不信时间会给你答案，但我信时间会让你忘记曾提出的问题。我虽不信天将降大任于斯人，必先苦其心志，劳其筋骨，但我信被苦其心志劳其筋骨的，总有一天不会被行拂乱其所为。我信的还有很多：信迷茫和困惑是命途迎接拐点时的震荡；信绝望和心死是准备重新出发前的蓄积；信人生中的每一个选择其实都无法选择，但最终会回归到最初的选择；信冥冥中的那一双大手，总是在以你意想不到的方式，帮助你成为更好的自己。

212　　　如果这双冥冥中的大手被称作上帝，那么我便可以说是信上帝的。而这双大手若是安排给了我们孤独，现在的我则愿意这样去看待它——那是上帝在提醒你，该充实自己了。

我信冥冥中的注定，信万事万物皆有理由，信枯荣开败自有安排。

万物
和你一样动人

Everything

is

as touching

as you.

友好

Everything is as touching as you

01

PART ONE

-PART ONE-

原谅你吧　请让我

“ 那些无法停止继续爱你，无法阻止自己不在乎你的人，甚至在你道歉之前就已经原谅你了。他们需要道歉，哪怕只是需要你表现出歉意，只不过是需要给自己一个正式的，原谅你的理由——不然多委屈那一腔对你的炽爱啊。”

至今很让我纳闷的一件事是，为什么有些人口中的道歉，听起来就那么令人不适呢。比方说"对不起，行了吧"。比方说"我错了，可以了吗"。比方说"我希望在我道歉之后，这件事就到此为止了"。再比方说"我很少跟人道歉，能跟你道歉，你应该感到知足"。

你很少跟人道歉？！你跟大家一样都是普通人，你哪里来的高人一等的底气，去哄抬你并没有高人一等的自尊。你很少跟人道歉说明你不敢面对自己的过错，无力承担弥补的责任，说明你的内心是懦弱和没有担当的，你应该为此感到羞愧，怎么还光荣起来了。

但是，选择用这种方式来道歉的人，比比皆是。

头一回遇见，是在我上初中的时候。那会儿班里所有男生都流行转书，有点像二人转表演中转手帕那样，只不过将顶在食指上的手帕换成了课本。我们班里有个转得最好的男生，一下课就转，下课十分钟能转九分半，留半分钟时间上厕所。有一次自习课他手气好，转了十多分钟书也没掉下来。班里所有人都不写作业了，回过头一边看他转一边帮他计时。终于，他一激动将书转飞了，飞到他同桌—— 一个看腻了他转书，专心写作业的女生的眼睛上。

那个女生大叫一声，捂着眼睛缩成一团。转书的男生慌了，急忙扶住她的肩膀问她没事吧。女生看来是真疼了，捂着眼睛继续发抖，没有搭理他。最后是她的闺密过来，搀扶她准备去医务室。就在两位女生往教室外走的时候，转书的男生说话了。他冲着她们的背影吼：
"我都道歉了，你还想怎样？！"

"我都道歉了，你还想怎样？！"

这句话，应该很多女生都听过吧。听到时，内心应该都充满了绝望吧。本来是被伤害的人，怎么突然就变成多事的、揪住不放的、死缠烂打的、"想要怎样"的人了呢？被撞到眼睛的女生一听到这句话，突然就停下了脚步。她背影发出的颤抖，所有人都能感觉得到。她拨开闺密的胳膊，转过身说，我没有想怎么样，我现在只想去医务室。她边说放下捂着眼睛的手，那只被书撞到的眼睛已经遍布血丝，旁边的眼角甚至还有一道很明显的嫩红色擦伤。

随着两位女生的离去，班里所有人都扭过头盯着那个男生，异口同声地发出了在那个年纪代表着终极鄙视的嘘声。喧闹中，还有人学着道明寺的语气喊："道歉有用的话要警察干嘛吗？！"

其实我知道大家为什么鄙视他。不是因为他道歉没用，而是因为他道歉的姿态很不男人，道歉的目的很不纯。这个时候不想着怎样担负责任，怎样弥补过错，却满脑子想的是女生没有回应他的道歉，满脑子想的是自己无法得到心安，自己无法得到原谅，自己的面子挂不住，自己闯的祸没有被圆好。

但自从道歉被发明出来，目的从来都不是为了自己。

　　道歉真正的、唯一的目的，不是为了让自己心安，不是为了平息事端，甚至也不是为了获取原谅，而是为对方，为被伤害的人，为了能让他们真真切切地感受到你在对犯下的过错忏悔，为了能让他们尽可能心情舒适，尽可能地获得身心的补偿。至于对方愿不愿意让你心安，愿不愿意平息事端，愿不愿意原谅你，这是他们的自由。如果愿意接受你的道歉，是你的福气。如果不愿意，则是天理。

道歉真正的、唯一的目的，不是为了让自己心安，不是为了平息事端，甚至也不是为了获取原谅，而是为对方，为被伤害的人，为了能让他们真真切切地感受到你在对犯下的过错忏悔，为了能让他们尽可能地心情舒适，尽可能地获得身心的补偿。

　　我以为这是人世间最简单的道理之一，但似乎有很多人都不这么想。很多人不把道歉作为弥补和修复的开始，而是当作结束，只要我道歉了，你受过的伤害就该瞬间愈合，你流着的眼泪就该瞬间止住，纠缠你多时的苦闷就该顷刻不复存在，困扰你已久的心结就该顷刻舒展开来，是我只要道歉了，你就该收起你让人倒胃口的愁眉苦脸，回报于我你一如既往的春暖花开……

　　这哪里是道歉，这应该叫威胁才对啊。哪有伤害了别人，反过来去威胁别人奖励他平安喜乐的道理？

　　真正的道歉，从来都是软的。是我没有意识到自己竟然做了这么差劲的事情的幡然醒悟，是你要相信我从来没想故意伤害你的真心实意，是一个让你难过我很后悔的皱眉，是一个让你委屈我很内疚的拥抱，甚至是一个让你失望我很痛苦的长长的凝视；真正的道歉，也从来都是硬的。是承担起自己犯下的过错的责任，是敢于说一句这事怨我的担当，是下次这种情况绝不会再发生的毅然决然。

Everything is as touching as you

这才是道歉本该具有的样子啊。

可我也懂得，那些不善于道歉、不敢于道歉的人当中，也有一部分并不像上面所说的那样不堪。只不过他们被吓到了，被那些把"对不起是最没用的三个字"挂在嘴边的人吓到了，被那些绝不会去原谅别人，认为被伤害过就从此站在了道德制高点，从此获得了永久话语权的人吓到了。他们知道，即使是最真诚的道歉和最用心的弥补，也换不来对方片刻舒适和安宁，反而会因为这份歉意被打上犯了过错的章，这个章永不褪色，且会在往后的日子里无数次被反复提及，无数次被反复引用，无数次承担起有些本不属于他的罪名。

在那些绝不原谅的人眼里，道歉就相当于一个永世不得翻身的记号。

记得是在我更小的时候吧，大概是在上小学六年级。那段时间所有六年级的小朋友都流行看《读者》（可能只是为了把自己和五年级及以下的幼稚鬼区分开）。我在某期《读者》的犄角旮旯里发现这样一个故事：男孩伤了母亲的心，父亲给了他榔头和钉子，让他把钉子钉进木桩再拔出来，问他木桩上多了什么。男孩发现多了窟窿。父亲告诉他人心就像这样，犯错是钉钉，道歉是拔钉，你以为拔掉就没事了，但心里会留下窟窿，这个窟窿就叫伤心。

你不知道，这个故事对六年级小朋友的心灵造成了多么大的冲击。

我们争相传阅这个故事，视钉钉子拔钉子为世界第一大定律。现在再想，凭什么啊？人心为什么非得是木桩，不能是蒸馍发的面吗？不能在钉子拔出来之后用心揉一揉就恢复原样吗？

可人心什么都不是，人心就是人心。

人心没有那么坚强，同样也没有那么脆弱。人心没有那么伟大，同样也没有那么渺小。对人心来说，因为记忆的存在，伤痕可能是永久的，但因为时间的存在，疼痛不是。

人心，凡是人心，唯有人心，除了那些因为你的无可挽回的过错遭受了锥心之痛的，也除了那些将怨恨和痛楚当作支撑他们活下去的力量的，之外的绝大部分人心，似乎都不会如此不通人情。那些无法停止继续爱你，无法阻止自己不在乎你的人，甚至在你道歉之前就已经原谅你了。

他们需要道歉，哪怕只是需要你表现出歉意，只不过是需要给自己一个正式的，原谅你的理由——

不然多委屈那一腔对你的炽爱啊。

说起来还蛮好笑的，在十多年后的同学聚会上，那位被砸到眼睛的女生，总爱跟她老公开同一个玩笑：要不是你当初弄瞎我的眼睛，我能看得上你吗？其实我们都知道当初她眼睛并没有瞎，但眼珠和眼角确实受了些皮外伤，包着纱布当了一个月的独眼海盗。她喜欢上那位转书的男生，也有可能是因为，他最终好好地跟她道了个歉吧。

女生包着纱布上学的第二天起，男生就不再转书了。他开始有了另外一些坚持很久的习惯：给女生买早饭、记作业、抄笔记，接送她回家，当她是真看不见了一样。女生怎么推都推不掉，即便说了无数次"不怪你了""原谅你了""你别烦我了"也没用。女生取下纱布的那一天，男生一愣，重重砸了桌子一拳，然后就把头埋进胳膊里不停傻笑。女生问他怎么了，男生怎么都不肯说，直到女生假装生气逼问才开口。男生说，我还想着如果你脸上留了疤，我这辈子都还不清了。女生问要是留疤怎么办。男生说，那我就攒钱给你整容呗，保准跟以前一样美。男生说完脸就红了，知道自己说漏嘴了什么。但女生说，虽然她翻了一个好久都翻不了的白眼，拖着长长的音给了一个终极鄙视，但她就是在那一刻心动的。后来上课的时候，男生悄悄递给她一张字条，上面写着：如果你真要留了疤，那我就还到我死，你放心吧。

女生说，虽然她老公自始至终没能好好跟她说一句对不起，但他其实已经说过了，千百万次地说过了。她说彼此在乎着的人啊，只要这种歉意到了，对不起这三个字，其实根本无须开口的。

人心没有那么坚强，同样也没有那么脆弱。人心没有那么伟大，同样也没有那么渺小。对人心来说，因为记忆的存在，伤痕可能是永久的，但因为时间的存在，疼痛不是。

友好

Everything

is

as touching

as you.

Everything is as touching as you

02

PART TWO

-PART TWO-

其实我是
介意的

66 无论关系有多亲近，请不要没有底线地忽略对方的感受，让对方在防御全世界的同时还要防御你，一个来自亲近的人所带来的伤害。既然人们喜欢称亲近的人是自己人，那么你是怎么对自己的，也请怎么对你的自己人吧。毕竟茫茫人海中，只有他们跟你有未来。 99

前段时间，我一直求教朋友，关于那件事我是不是太小心眼了。朋友有安慰的，也有调侃的，但无论什么答案，都无法解我心结。我甚至在扪心自问了很多遍，自我反省了很多次之后，依旧无法释怀。

那是过年前了，我要订回家机票，便打电话问我姐要不要一起回。问完准备挂电话，我姐却有一搭没一搭跟我瞎聊起来，边聊边笑。刚开始我以为她笑我说话傻，就陪她笑了两声。谁知她越笑越来劲，感觉都快缺氧的那种笑。于是我便警觉起来，怀疑她受了什么打击。毕竟是亲近的人，稍微反常一点都会被察觉。我问她没出什么事吧。她边笑边说没有。我说你别吓我啊，到底怎么了。我姐又笑了几声，说，哎哟，这个视频太好笑了，笑死我了。

我松了一口气，她没事就是最好的。可我隐约有些不爽。至于为什么，我说不清。有过类似不爽经验的人还有很多。半年前，我一哥们儿跟发小绝交了。不知为什么，自从他开了公司，他发小几乎每次见他都会揭他老底，不管旁边有没有外人。他碍于交情一直忍着，直到他发小在他的订婚宴上，在未婚妻以及他的商务伙伴面前爆料他以前的事，包括他和他前女友的事。

在那之后，他试图跟发小提议，说现在有很多事都身不由己，有时需要在员工面前有点威严，有时需要在合作伙伴面前有点身份，有时还需要在未婚妻面前有点自尊心。他说他们关系铁了这么多年，在他面前永远是跟他光着屁股一起长大的发小，但旁边有外人的时候，希望发小能给他留点面子。结果发小反倒像受了伤似的，盯着他瞠目结舌了老半天，继而冷笑一声，说，你变了。发小说完他心就凉了，一笑，摆了摆手，从此再没跟发小联系过。

我曾为这件事写过一条微博，因为我最恨"你变了""你不快乐"这种给别人的人生下定义的语句。我那条微博是这样结尾的：不是"变了"，而是你住在时间静止的家乡，就永远不了解斗转星移的远方。

其实谈论这种事我也挺不好意思的，连自己都会觉得小心眼——至于不爽吗？不就聊天的时候看视频吗？不就在别人面前开你玩笑吗？多大点事啊。可有些事之所以让人不爽，不仅因为事情本身，更是因为——太多次了。

前段时间，我的一位学姐收拾行李回娘家了。因为她老公买了车。其实也不是因为买了车，而是因为买车后，她老公开锁时总是忘记开右侧车门，每次学姐都得经历一遍拉不开车门、敲车窗他才记得。为这事他们吵了很多次，吵到后面学姐都懒得尝试了，直接敲车窗。但那声代表车门打开的咔嗒一声，却从未在她敲车窗之前响起过。学姐说，每次听到那声迟来的咔嗒，她心里都会响起一句：他心里没有你。在这句话出现九十九次之后，学姐郑重其事地跟他说，下次就整一百次了，到一百次就分。第二天，他俩分了——在她老公为了赔罪而去她公司接她吃饭之后。吃完了那顿饭，学姐随她老公来到车前，眼睁睁看着他上了车，继而深吸一口气，轻轻拉了拉车门——没开。学姐一笑，再没敲车窗，扭头就打车回家收拾行李去了。

　　我还有个朋友因为这类事跟女友分手了。分手的原因让人哭笑不得：她爱玩手机，机不离手那种。起床后玩，睡觉前玩，上厕所玩，吃饭玩，甚至过马路也玩。我们安慰说她一个人过马路肯定就不玩了，毕竟在你旁边有安全感。他反问，那我呢，她有想过给我安全感吗？我知道他说的是什么事。他之前跟他女友提过意见，说什么时候都可以玩，但吃饭时就别玩了，尤其下馆子时。他女友说你吃你的就好，别担心我啦，我饭量小。男生听到这话，只得告白说其实是觉得被晾在一边没面子，问她可不可以稍微忍一忍，然后他尽量吃快一点，吃完再玩。

　　但他们分手的原因还不是因为这个，而是因为另一件事。

　　他们最后一次亲热的中途，他女友搁在床头的手机亮了，屏幕上显示收到了一条新信息。他心里咯噔一下。还好，她只是瞟了一眼床头，并没有伸手拿手机。不到两分钟，床头的手机却不见了。他以为自己眼花，被她爱玩手机的习惯折磨出了幻觉，因为她的眼睛明明就紧紧盯着他，手臂明明就紧紧环着他啊。谁知他一抬脑袋就碰到一个坚硬的物体，接着就是手机掉在地板上的咣当一声——原来她正环着他的脖子给别人回信息。

　　…… ……

234

其实要说这种事到底哪部分伤害人、哪部分令人不爽，我到现在都搞不清楚。是不爽不被重视吗？可有人说亲近的人不会不重视，正因为重视，所以才不会在对方面前来虚伪那一套；可有人说正是自己人才会这样，正因为尊重，所以才敢把自己最真实的一面展现出来。这些解释乍听之下都有道理，可这种事依旧会让人不爽。

我是从小跟着我姐一起长大的，因此也从小不爽到了大。除去一开始说的打电话时看视频之类的千百万次的琐事，印象中最让我不爽的有两件事。第一件发生在饭桌上，我跟她说想退学的那次。我说不喜欢电气自动化专业，喜欢写文字，想找广告文案或杂志编辑之类的工作。我姐听完哈哈大笑，说，你别装了，我太了解你了，你退学就是想玩。而第二件也发生在跟她吃饭的中途。那时我已经退了学，做起了杂志编辑。她问我最近在忙什么。我说在写一个策划案，她扑哧一笑，说，哎哟，就你，你还能写策划案？

这种感觉，怎么说呢，这种只能用不爽来形容的感觉，几乎每次跟她吃饭我都会经历一遍。每一遍我都失落透顶，丧失继续聊下去的欲望，心里出现的都是同一句话：

怎么老是这样？！

有一种被打回原形，无论如何也不能翻身的感觉。我在她心里永远都是无须付出太多关注的，什么成就也做不出来的，不被重视也不受尊重的人。当然，她心里可能并不是这么想的，但我是这么感觉的，我是从这种感觉里长出来的。这种感觉可能已经影响了我的潜意识。我也跟她告白过，希望她对我态度能好一些。但她就连听我告白都会摆出一副"啊，你刚才说什么"或者"你还在意这种事"的态度。

终于，意识到这种事无法解决之后，除了绝望，我再不知道怎么形容我的感受了。虽然我很确定对她的感情不会因此而减弱，但我不确定我是不是想见她了。是的，我爱我姐，但我对她的邀约几乎是能推就推。人生这么短，我为什么要去跟一个我能预见到让我不快的人去吃饭呢？

可她是我最亲近的人啊。

这也是最让人绝望的地方。因为是最亲近的人，所以没有"大不了我不跟你玩了"这个选项。因为是最亲近的人，所以这种于情于理都站不住脚的、属于"屁大点"范围的事，在生活中的各个角落等待着你。因为是最亲近的人，所以你的一生，注定要无数次地经历着这种既无法化解，也无法避免的不爽。

我们在亲近的人面前，或多或少都会遇到这种情况吧。不论是亲人，情侣或好友。面对面聊天时在低头玩手机，生人面前跟私下一样不留面子，无限次开涮你难得一次的煽情，把你的积极性打击得不留分毫。正因为亲近，以为可以不在乎对方的感受，感受这种东西算什么东西呀，跟亲近的人的关系相比，太不值一提了。

　　心理学对忽略亲近人的感受的行为，做出过正当的解释：在陌生人面前人们有"换取"的心态，用宽容和友好换来对方的好感，而在亲近的人面前，则不可避免地卸下情绪，卸下伪装，卸下防备，卸下顾忌，这是一种具有安全感的表现。

　　但我要告诉你一件事。有次我去拜访一位久违的老友，他家的狗一见我就扑过来了，明显是记得我，当我是亲近的人。狗嘛，毕竟是狗，哄一哄也就行了。我摸了他几下就站起来和主人聊天了。突然，狗冲着我大叫了好几声。我转过头看到它瞪大双眼看着我，一边瞪一边叫个不停，还跺脚。主人笑着说它生气了，意思是好久没来了怎么就玩了两下。我赶紧蹲下又跟狗玩了一会儿，它在我身上蹭来蹭去的，高兴得很。

　　是的，我要告诉你，连狗都有感受。感受很重要。

　　这个世界上，大多数生物都是有感受的，而大多数生物，都更在意亲近的人所带给他的感受。正因为跟你是亲近的人，所以比别人更在意你的看法、你的态度、你的举动，这是再正常不过的事了。因此，无论关系有多亲近，请不要没有底线地忽略对方的感受。亲近赋予你安全感和为所欲为的权利，但也交给你守护和维护对方的义务。你不能在享受权利的同时对义务置之不理，让对方在防御全世界的同时还要防御你，一个来自亲近的人所带来的伤害。

　　既然人们喜欢称亲近的人是自己人，那么你是怎么对自己的，也请怎么对你的自己人吧。毕竟茫茫人海中，只有他们跟你有未来。

Everything is as touching as you

03

PART THREE

-PART THREE-

老子真要
爱死你了啊

"男生在面对人世间他所爱慕的一切美好事物，比如面对你的时候，都是无法直抒胸臆的。因为他是男生，他的基因不允许他好好地表达爱意。但请相信我，他还是会表达出来的，他还是会想尽各种办法，在他所说的任何一句话里，表达出来的。"

你又准备给我看你们俩的吵架记录了。

虽然你还没掏出手机，但我知道，距离看到你们俩的吵架记录，只剩下不到两分钟了。因为你刚刚说了一句话。你说，最近真的快被他烦死了。这句话就是信号，只不过你自己还没有意识到。你说完之后会叹很多口气，然后就是等，等我问"怎么啦"。通常我都是会问的。问完之后，你会用两分钟的时间跟我描述一下始末，然后把手机递给我。

可我这次却故意没有问"怎么啦"，因为我最近有点累。这次我说的是，谈朋友嘛，忍忍就好了。我本想让你听出我语气里的疲惫，让你知难而退，没想到你连描述始末的那两分钟都省略了，直接掏出手机一把塞到我手里，气鼓鼓地说，这次真不一样，我真的忍不了了。

手机打开之后就是你们俩的聊天记录，屏幕的最顶上，已经被你调到了整个事件的开始。我轻轻向下一拉便打了个哆嗦，因为出现在手机侧边的滚动条实在是太短了，短得已经不是条，快接近一个点了。滚动条越短就说明事件越长嘛。但我又不能不看，我甚至连皱眉头都不敢，因为我知道你为了倾诉那些快要把肚子憋炸的话，早就做好一副可怜巴巴的小狗脸等在一旁了。我只能化叹气为鼻息，硬着头皮看了起来。

你们的这次吵架，我花了将近一刻钟的时间才看完，有些地方甚至需要反复看两三遍，需要你在一旁指点我才能看懂。可我的确能感觉到，这次真的跟以往不一样，这次很严重，非常严重。因为越到后面，你们打字的篇幅就越长，感叹号就用的越多，而且，你吹到我脸颊上的气息就越重。

我很害怕。

但我害怕不是因为事态严重，而是因为，请相信我，我真的是一个字一个字看过来的，但我死活都找不到他惹你生气的地方到底在哪里。看完你们俩的聊天记录之后，我长吐了一口气。然后皱起眉头看着你，装出一副吃惊的模样说，他怎么可以这样啊。你给了我一个"终于有人明白我了"的眼神，说，你看到了吧，他怎么可以这样！

可我真的不知道他到底怎么样了。

但我毕竟是练过的，即使不知道对方在说什么也是可以聊下去的。我问你说，那你接下来打算怎么办啊。你双手交叉插胸前，往沙发上一靠说，我怎么办，看他怎么办吧，我已经做好分手的准备了。我说不至于吧，虽然他不对但也不到分手的地步吧。你顿时炸了，瞪圆了眼睛反过来吼我：怎么不至于，你没看他说的那些都是什么话，每个字都在说过不下去了，明明就是要分手的意思啊，既然他态度都强硬成那样了，那就分呗，谁离了谁活不了啊。

噢，原来是因为他态度强硬想分手啊。我重翻了一遍聊天记录，故意做出智障的神情凑近屏幕说，哪儿强硬了，哪儿想分手了，我怎么看不出来。你翻了一个白眼，夺过手机用手指重重戳着屏幕说，就这句，"所有的话就当老子放屁没说过"，这句，"你爱咋咋的老子管不着，打今儿起老子不伺候了"，还有这句，最可恶的就是这句，"别回复了，睡了，打这么多字累死我了"。

咳，我听完都要笑了。

这哪里是强硬啊，这对一个男生来说简直就是在卖萌啊。

可你不信，你振振有词，一句接一句给我分析了这些话的含义。你说"所有的话就当老子放屁没说过"，代表他觉得对你说话就是在对牛弹琴，不仅嘲笑你反应慢，还侮辱你没智商。但最让你火大的，

Everything is as touching as you

是他话里的另一层意思：他已经对你失去了全部耐心，也已经不在乎你是怎么想的了。你说比这还过分的是接下来的"你爱咋咋的老子管不着，打今儿起老子不伺候了"。你说他以前从来没对你说过这种话。这种话分明就是表态啊，表明他已经决心不想过下去了。你说最刺痛你的是话里那个"伺候"，你一看到那两个字，火一下就上来了。这两个字把你们一起度过的那段日子全推翻了，原来他在心中从未觉得跟你在一起是一种享受，而是一种折磨，是需要怀着无奈和忍耐的心情才能撑下去的"伺候"。你说最可恶的那句"别回复了，睡了，打这么多字累死我了"，这句话代表他已经心灰意冷，连解释的余地都不留了。从今往后，你就是一个他再也管不着、无所谓、也不在乎的人了，跟你再多说一个字，都是在浪费他的时间和精力。

你一边分析，一边哽咽了起来，但哽咽并没有阻止你继续说下去。你说你曾听很多人说过，男生不爱了、想要分手的时候都这样，他们绝不会主动提分手，而是在心里计划好了步骤，一点一点冷淡、一点一点残忍、一点一点把话说绝，一点一点触及女生的底线，直到女生再也忍受不下去，就会自己提出分手。这样，男生就可以不用担负主动提分手的负罪感了。在那之后，男生会一边故意表现出不舍和伤感，一边在心里庆幸终于解脱了，最后再撂下一句"我配不上你"，或者"你会找到比我更好的人"，一切就大功告成，可以溜之大吉了。

我不得不说，你的这番言论震得我半天说不出话。这都从哪儿听来的，怎么这么厉害呢。这明显是坏姑娘才能总结出来的不负责任的气话啊。她们因为自己受过伤害，就要宣称所有男生也是这样的，就要断定所有女生也会跟她一样受到同样的伤害，实在太可恶了。

当然，有些男生是这样，但不是所有的男生都这样。而你的那个他，就更不是这样的。你们俩才哪儿到哪儿啊。你要相信我，男生如果需要策划分手，他们的回复总是会越来越短的，而绝不会越来越长。让人翻了三四篇都没翻完的那种，就更不可能是要分手的意思了。他的那几句话非但不是分手，就连生气也算不上，那纯粹就是赤裸裸的求饶啊。

不信，你听我给你翻译翻译吧。

首先是那句"所有的话就当老子放屁没说过"。你要知道，任何一个男生口中的老子、大爷，还有那些不甚过分的粗话，包括句末的感叹号，力度充其量就相当于女生口中的一个柔弱的"哼"，这一点绝无例外。男生嘛，都是打肿脸充胖子的一群人，那些"老子""大爷"，说出来都是给自己壮胆的，相当于走夜路会害怕的人，大唱《隐形的翅膀》。所以啊，这句话的真正意思是"我错了，我已经意识到我过分了，但我不能承认我过分了，不是我不想承认，而是我的基因不让我承认。所以我求你当这些话是一个屁，就这样把它轻轻地放了吧。你要相信，虽然我经常说错话，可我没有一次是想要故意伤害你的"。

　　而他的那句"你爱咋咋的老子管不着，打今儿起老子不伺候了"呢，跟上一句比起来就更软了，相当于得罪了皇上的老臣跪在大殿上哭喊，皇上，臣自知罪该万死，但臣没有功劳也有苦劳，您不看僧面也要看佛面，怎能不顾念臣平日里的悉心照顾，就这样把臣打发了呢。他也一样，说那句话唯一目的就是表达他的委屈，他提出"伺候"纯粹是为了让你想起他平日里的好，为了让你意识到他即便现在说错了话，但平日里绝对是问心无愧的。要说这句话里最奸诈的部分，就是"你爱咋咋的"了，那的确是他故意说出来让你心痛的，让你感受一下什么叫"没有我你怎么办"。可你要明白，全天下的没有我你怎么办，都是没有你我怎么办。

　　而他那句最可恶的"别回复了，睡了，打这么多字累死我了"，简直到了撒娇的地步了。这句就相当于女生版的"别跟我说话"。可你自己也知道，如果男生真按字面意思来理解，真不跟你说话了，那简直就算是弥天大罪了。但这两句还是有区别的。男生如果不是心慌，一般是不会说这种话的。心慌是因为发现他说完上面的那几句之后，突然意识到自己笨到就连最基本的求饶的意思也没有传达，反而让误会加深了，但这时候如果认怂实在太不酷了，不如一鼓作气死撑到底，看看能不能吓住你，有一种"知道我的厉害了吧，知道我也是有脾气的了吧"的目的。但是爱你的人啊，终究还是不舍得那样对你，因此才会补一句"打这么多字累死我了"，这句话是为了表现出他平日里最拿手的也最能逗你开心的傻气，希望你能念在他在这个节骨眼上还能为你冒傻气的分上原谅他。

　　跟我想的一样，我的这番言论也震得你半天说不出话来。你瞪大眼睛看着我，绷着绷着就抿嘴笑了，说我就是在安慰你、逗你开心。但你发红的面色还是出卖你了，你知道我说的是对的。可你嘴上还是不服输，说我是一本正经地胡说八道，你说不可能有人这样费劲，别说男生了，连女生都不会如此拐弯抹角。

　　真的吗？要真说起拐弯抹角，谁能比得过你啊。

　　你忘了上次你彻底把他惹毛的那次了吗？那次他一整天都没有说话，半夜你起床上厕所，发现床上没人，一下就慌了。你心惊胆战地揪紧睡衣领口，蹑手蹑脚走出卧室，却发现从不抽烟的他坐在阳台地板上，一根接一根抽烟。你知道事情严重了。天一亮，你就哭着跟你的好朋友们宣称要离家出走，说你知道已经无法挽回了。你一边坐在电脑前查找租房信息，一边在群里问大家谁那边有空屋可以收留你几天。就在你谈好了一切，你的闺密也把空屋收拾出来的那天下午，你突然在群里跟大家道了个歉，然后消失了。

　　第二天早上，你发了一条朋友圈照片，是他在你身边熟睡的样子，你虚化了背景和他的样子，并配上了一段文字：只有睡觉的时候让人省心。那时我们才知道你们和好了。但在很久以后我们才知道，到底是谁不让人省心。

　　那天下午，你收拾好了行李，就在箱子合上时发出咔嗒一声的时候，你突然往地上一摔，抄起钱包就去菜市场买菜去了。你买了他最喜欢吃的食材，在他下班到家前十分钟，做好了一顿好吃到曾让他抹眼泪的晚饭。你慌慌张张把饭菜摆在桌上，然后找了纸笔，留了一张简洁又煽情的字条放在饭菜旁边。接着，你连妆也顾不上化，又慌慌张张提起行李箱走出家门，来到了电梯前。

就在电梯门打开，你正要拉着行李箱往里走的时候，却发现电梯里站着一个人。你低着头，眼泪一下子就出来了，站在那里一动不动。谁知那个人却对你说了句"借过一下"。你抬起头，这才发现那个人并不是他。但你已经懒得说不好意思了，因为这已经是第五次了，第五次不是他了。你退回到电梯外，坐在行李箱上继续等。边等边自言自语了一句，再不快点饭就凉了啊。

就这样往复了十几次的时候，他出现了，一脸惊愕地问，你在干什么。可你编好的十几句台词却一句也用不上，因为你正骑在行李箱上伸懒腰，打哈欠的嘴半天都合不上。

但当他回到家，看到那桌快要凉了的饭菜的时候，立刻就明白刚才发生了什么事了。他一把抱住了你，很久都没有松开。而你也眼含热泪，用一只手狠狠抱着他的腰，因为只有这样，你的另一只手才能够到桌上的那张字条，悄悄捏成一团藏进口袋。

······ ······

　　你刚才说什么来着，不会拐弯抹角，你跟我开玩笑吧，你可能是人类里最没资格说不会拐弯抹角的了，你这个可能都不是拐弯抹角的范畴了，已经算迂回曲折了。而根本没有能力设计出这种桥段的男生，当然就更要想办法拐弯抹角了。就跟拍照一样，女生有很多姿势可以摆，而男生只能站在那里一样，关于拐弯抹角，他们只有语言可以用了，所以才会说出那些词不达意、让人无法理解的甚至会伤害到对方的话。

　　其实吧，男生跟女生在喜欢的人面前，表达喜欢的方式确实不一样，但心中的那份喜欢，是绝对一样的。我对《灿烂千阳》里的一句无关主题的话特别认同："男孩对待友谊，就像他们对待太阳一样，它的存在毋庸置疑，它的光芒最好是用来享受，而不是用来直视。"男生在面对人世间他所爱慕的一切美好事物，比如面对你的时候，都是无法直抒胸臆的。因为他是男生，他的基因不允许他好好地表达爱意。但请相信我，他还是会表达出来的，他还是会想尽各种办法，在他所说的任何一句话里，表达出来的。

　　比如当你感动、幸福和欣慰时，他的那些破坏氛围的话。比如当你觉得自己很美很厉害而得意时，他的那些埋汰你的话。甚至是当你把他惹生气闹脾气时，他的那些冒着傻气、把求饶的意思埋得很深的话。这些话其实都只有一个意思——

　　老子真要爱死你了啊。

叹很多口气

一种常见的吸引人注意的方式。

通常解读为："快点，快问我'怎么了'。"

友
好

Everything

is

as touching

as you.

Everything is as touching as you

04

PART FOUR

-PART FOUR-

亲爱的，
你很特别

> 在我后来的人生里，我又有幸结识了很多人。这些人当中，又有很多是特别的人。甚至在有些人眼里，我也很幸运地被视为特别的人。基于我并不开阔的眼界和我并不通达的世界观，这些特别的人，有些是我可以理解的，有些是我不能理解的，但不论我是否理解，也不论我是否接受，我都不会打扰他们。正如他们没有打扰我一样。

　　大学期间，我曾去一所希望小学支教。我在那里犯过一个错误。鉴于对象是六七岁大的孩子，恐怕错误是不可饶恕的。所以我至今都尽量避免接触小孩，怕我无心的一言一行嵌进他们的潜意识里，带给他们可能会随着年龄增长愈加严重的伤害。

　　我带的班里有个稍显孤僻的小女孩。她从不跟人接触，一下课就躲在角落里自己玩，或者看其他人玩。我曾问别的孩子为什么不带她，他们都说她太臭了，太脏了。这个小女孩的确有些不讲卫生，每天都穿同一套衣服，袖口因为擦鼻涕已经变得发油发亮了。虽然我知道这不是她的问题，但也不好凭借自以为是的好意擅自帮她换一套新的，因为这有可能会让她的父母尴尬。

　　可我总想为她做点什么，做点能让她开心的什么。于是我准备了一些大小不同的果冻，当作课堂提问的奖品。那节课上，我特意提问了那个小女孩好几次，她很聪明，每一次都答对了，甚至在后半堂课上主动举手了。下课后，我便将最大的那颗奖励给了她。

　　她捧着那碗比她的手还要大的果冻，很开心。这正是我想要的结果，所以我也很开心。我就是在这时候犯下那个错误的，就在她被班里所有小朋友围在中间，准备在大家的注视下享用胜利果实的时候，我说了句不该说的话。我希望借这个机会让她融入集体，便学着卡通人物的声音对她说，要不要和小伙伴们一起分享呀。

她抬起头瞪了我一眼，一把将那碗果冻打翻在地，说，那我不要了。

256　　五年过去了，我依旧无法释怀，无法停止责备自己。我不知道我的举动有没有影响她的潜意识，但显然是影响了我的。我到现在都不明白，那时的我凭什么自以为是，凭什么就认为她应该分享用实力赢来的奖品，凭什么就认为她需要跟别人相处融洽，凭什么就认为躲在角落自己玩、看别人玩的她，是不开心的呢。

或许她认为这样就很好，就是开心的啊。

其实这是一个子非鱼式的永远没有正确答案的问题，也是一个永远没有标准答案的问题。只不过我隐约觉得，这份答案到底是什么，除了小女孩自己，作为旁人的我，似乎是没有资格给出的。

很令人无奈的是，我虽然有了这个意识，却还是会不自觉对一些人、一些事妄下断语。工作以后，我结识了一位后来跟我非常要好的朋友。我爱玩，因此大部分朋友在一起都能喝能闹，而他跟他们不一样。他是那种淡淡的人，喜欢猫，喜欢日本，喜欢无印良品，喜欢是枝裕和的那种安静舒缓的电影。

我年少无知时总爱借用五月天的歌词——"约你你又不来，来了你又不嗨"——来嘲笑局上那些面无表情、事不关己、低头玩手机的，和集体保持距离的人。那时我武断地认为，既然选择出来和大家一起玩，就要照顾到大家的情绪。认识他之后，我逐渐不这样想了，我唱这首歌的初衷，也从恶意的嘲笑变成了善意的玩笑。只不过那都是了解他之后的事了。

第一次带他和大家一起唱歌的场景，我至今都记忆犹新。他穿了一件白衬衣，毕恭毕敬地对着大家鞠了一躬，抬起头时，脸上换了一副他从未有过的欢快神情，一看就是对着镜子练习了很多遍的那种。接着，他用极度不自然的俏皮语气说，大家好，我是小北的朋友某某某，我就像我穿的白衬衣一样，安静又美好。那个场面已经不能用冷场来形容了，我们足足愣了有半分钟，简直像是在为什么事情默哀。

更让人伤神的是，和我预想的一样，他并不会主动唱歌，全程就那样坐在角落里，面带微笑，和着音乐节拍轻轻晃动。我最怕这种场面，总担心自己照顾不周。因此我不断跟他互动，也不断使眼色示意朋友们跟他互动。他倒是不拒绝，点给他的歌会拿起话筒静静唱，丢给他的骰子也会举在手里轻轻摇。可歌一停，酒一多，他就又坐在一旁不作声了。

我悄悄过去，小声问他是不是不喜欢和大家出来。他很纳闷，问我为什么这么问。我搂着他的肩膀说，你看你不跟大家玩，也不去点歌，这在大家眼里就是有心事的表现呀。他说，但这样就是我开心的表现啊。奇怪的是，在那之后，大家唱歌时却总希望我能叫上他。因为——这样说会让我口中的大家有点残忍——因为叫他去有很多好处：他可以坐在点歌台前帮别人点歌，也可以站在桌前帮大家拍集体照。

258 　　关于这一点我非常愧疚，怀疑带他来认识这些人是我的错，可他每次都自告奋勇，拦都拦不住。有次我实在忍不了那伙人了，便对他提议说其实可以不用理他们的，如果不喜欢，以后他们约不用勉强来。让我没想到的是，伤到他的恰恰是我的这句话。他面露尴尬笑了笑，问是不是大家不喜欢他。我急忙摇头否认，说正相反，大家都很喜欢你，只是我看不惯他们老叫你帮着点歌和拍照。他舒了一口气，说，可他喜欢这样，他喜欢帮他们点歌和拍照，相对于自己唱，他更喜欢看大家在那里又蹦又跳的。我这才恍然大悟，原来他那句开场白，并不是练出来的。

　　他真就像他的白衬衫一样，安静又美好。

　　而且，很特别。

　　认识他之前，我以为我无法理解有人会喜欢帮别人点歌和拍照，就像我无法理解有人会喜欢在饭桌上帮大家夹菜和烤肉一样。我太享受被照顾了，因此希望场合里的人都能互相照顾，不希望有人被冷落。但在认识他之后，我终于了解了，原来对有些人来说，在一旁安静地照顾大家，看着大家，比跟大家一起嬉笑打闹更享受。

　　我不能因为我不理解，就认为这些是不合理的。

　　随着和他越来越熟悉，我终于发现原来他也有疯狂的一面。他最为之疯狂的是每年六月份的上海国际电影节，疯狂到会将所有年假都奉献给它。那是他一年中最忙的日子。为了平日院线里看不到的电影，他一早就做好了非常详细的时间安排表，一天至少要跑三家影院，买的电影票堆起来能等同他的身高。只不过，他看的全部都是那种淡淡的电影。他曾约我看过几场，但到后来，除非我想睡个好觉，否则我是拒绝的。

　　虽然我自始至终都不理解这些电影有什么理由非得去电影院看，但我自始至终也没问过他这个问题，我那时已经明白，他当然有他足够的理由。

　　因为他喜欢。

　　惭愧的是，最终能够让我完全理解他特别之处的，并不是我冠以哲学思辨之名的没事瞎琢磨，而是我自己遭遇的一些让我不好受的事。我曾为某个久未谋面的朋友的一句话，耿耿于怀了好多天。那是她时隔多年后再次见到我后说的第一句话。就在我准备落座时，她跷起二郎腿，微笑着说，我觉得你活得不快乐。我愣了，半弯着腰在空中悬停了好久才慢慢坐下。

　　我愣住不是因为她突然给我的人生下结论，而是因为我想起了多年前那位在操场一角跟自己玩的小姑娘，我愣住是因为那个小姑娘正在我内心深处恶狠狠地瞪着我：你凭什么觉得我不快乐，觉得我不快乐的，凭什么是你。等我回过神，便开始讪笑着帮自己打圆场：可能是最近太忙了，气色不好。她不依不饶，用吸管嘬了一口果汁，摇着脑袋说，不是气色，怎么说呢，是整体给人的感觉。你知道吗，一个人快不快乐，看眼神就知道了。

我就是在那时终于确定了，原来自己曾经是这样可恶的一个人。按照自己的理解方式，对别人的生活以及人生进行评判指点甚至横加干涉，人世间还有比这更可恶的事吗？

后来我便学坏了，学会反击这些事情了。遇到诸如此类的判定，我会一脸感激地说我终于找到组织了，说也就只有跟我一样的人能理解我了，对方若还想反驳什么我便挥一挥衣袖：啥也别讲了，理解万岁啊。

我不得不承认，在看到对方脸色突变时，我内心的喜悦是巨大的。但令我很纳闷的是，只消一次，他们就再不会主动对别人妄下断语了，至少没有在反击过他们的我面前。有一些甚至会因此跟我反目成仇，指责我触了底线。我纳闷的不是他们改变如此迅速，反应如此剧烈，我纳闷的是，怎么原来他们也不喜欢被人评判指点、横加干涉啊？似乎比起他们所无法理解的别人，他们更加接受不了别人的无法理解。

原来在这一点上，每个人都不特别，都不例外。

　　令我庆幸和欣慰的是，对别人的生活和人生妄下断语、横加干涉的这群人当中，出于恶意的并不多，而大部分是因为关怀和善意。就像父母不希望儿女忤逆他们的意愿来成长，仅是心疼儿女会为此受尽苦难，而这份关怀却使他们忽略了，儿女按照自己的、父母难以理解的方式来成长时，也会获得快乐和平安，甚至更多。就像朋友不希望朋友违背他们的经验来处世，仅是害怕朋友会为此吃亏上当，而这份善意却使他们忘记了，每个人都有属于自己的与这个世界相处的方法。

　　毕竟，在这个世界上，正确不只有一种方式。

　　在我后来的人生里，我又有幸结识到了很多人。这些人当中，又有很多是特别的人。甚至在有些人眼里，我也很幸运地被视为特别的人。基于我并不开阔的眼界和我并不通达的世界观，这些特别的人，有些是我可以理解的，有些是我不能理解的，但不论我是否理解，也不论我是否接受，我都不会打扰他们。

　　正如他们没有打扰我一样。

Everything is as touching as you

05

PART FIVE
-PART FIVE-

世界和你
一样动人

66 我愿意从越来越友好的角度，来理解和对待我越来越喜爱的世界。虽然与世界相比，我渺小到可以忽略不计，我的举动也无足轻重到分毫不会影响到它，但我依旧愿意为此努力，为我越来越友好和善良的那一部分而高兴，为我用我越来越友好和善良的那一部分，所换取的每一个动人的瞬间而安心。 99

　　我大抵算是幸运的人，几乎没有遭遇过什么大风大浪，也几乎没有跟真正意义上的恶人狭路相逢。就连让座这件小事，我都没有像身边比较倒霉的朋友那样，碰到变老的坏人和不懂事的熊孩子。我遇到的人大都会对我说声谢谢，说不出口的也会报以微笑。甚至有一次，一个四五岁的小男孩在母亲的鼓励下分了一颗奶糖奖励我。

　　说句平常不敢讲的话，我偶尔甚至希望能撞到传说中的讨厌的人，我希望他们能对我大吼"你个没眼力见儿的赶紧起来"，这样，我或许就可以用"老子就是不让"来抵消掉我偶尔因为太累没有让座所产生的负罪感。

　　可惜的是，我目前仍没有遇到。

　　回首过往，幸运似乎从我很小的时候就开始降临了。我是在混混堆里长大的。我的小学是混混的摇篮，初中是混混的练兵场，高中是混混的实战演练基地。但我从没有被牵扯进去。后来才知道，我能够幸免不是没有原因的，这是我在某年初中班级聚会上知道的。

　　那次聚会，某个不是很熟的男生非要过来敬酒。碰杯时，男生憨笑着说以前的事对不住了啊。我虽然干了酒，但完全想不起他有什么事对不住我。等喝开了才知道，他曾误以为我抢了他女友，在中考当天叫了一帮混混打我。我问他为什么选中考那天，他说因为中考后就毕业了，学校管不着，再迟就逮不着我了。我又问他为什么没打。他说因为我中考时把答案传给了他。

我才想起来，中考他就坐我斜前方，我见都快到点了他卷子仍是白的，便写了张填满答案的字条，交卷时顺手扔给了他。而且我终于明白考完后他对我说的那句莫名其妙的话是什么意思了。当我在校园里等我朋友时，他跑过来吼了我一句，你等五分钟再出校门，吼完就跑了……

原来他让我等是为了把埋伏在校门外的混混打发走。我大舒一口气，问他是怎么断定我没有抢他女友的。可能是因为喝多了吧，他说了句让我喷饭的话。他说你给我传答案了，你是个好人。

我从来没有想过，我的人生会因为帮人作弊而免遭一顿毒打。

上大学后，我又遇到两件让我自觉幸运的事。一次是我逛完西单图书大厦准备离开时，被一个戴眼镜的小伙拦住了。小伙说他有张新买的电话卡，只卖十五块钱问我买不买。我说谢谢不用之后他就急了，坦陈说其实是他有本特想买的书，但钱不够了。我没多想，掏出十五块钱给他说，我平常不用电话卡，这算我借你的吧。说借也就是为了好听，没想真让他还，也知道不一定还。和我预想的一样，他先是一愣，继而一边接连向我道谢一边拿过钱不见了。

　　一个星期过后，我在学校里听到校广播找我。那时校广播被一群文艺青年掌管着，我因为那段广播语被同学"耻笑"了好多天。广播说要在本校找一位好心男生，这位男生在西单图书大厦前与一位渴望知识的男子偶遇，并温暖了他的心灵。

　　见到戴眼镜的小伙后，我好奇地问他是怎么得知我是这个学校的。他说他当时一激动就忘了问了，买完书才想起来，后来是根据对我校服的印象上网查的。他说我是他问的第一个人，他没想到第一个人就会帮他。我又问他为什么会第一个问我。他说不知道，说就觉得我会帮他。

　　另外一次发生在我坐大巴回老家的途中。就在大巴刚启动不久，上来了一位拄拐的姑娘。售票员问她票呢。她一脸惊讶，结巴着说她叔叔已经跟司机师傅打过招呼了。售票员用眼神问司机有没有这回事。司机一脸茫然。拄拐姑娘都快急哭了，只能一遍遍重复打过招呼了。

　　我当时也不知怎么了，突然就特想帮她。于是我走过去小声跟售票员说我来买吧。售票员刚开始不乐意，见拗不过我就接了钱，一边给拄拐姑娘开票一边用她能听到的声音对我说，你肯定是被骗了。我说没事，我挺高兴的。

　　大巴临近终点时，那位姑娘一瘸一拐过来跟我道了谢，然后问我叫什么名字，电话多少，家住哪里，说以后有机会要感谢我。涉及个人信息我有些警觉，便想用一些客套话搪塞过去。谁知姑娘异常坚持，见我一直不松口又快要急哭了。突然，她像是想起什么，从包袱里掏出一个很旧的牛皮纸本子，翻开后递给我看。

本子上整齐地列着很多人名、电话和地址，通讯录似的列了十好几页。和通讯录不同的是，每一个名字下方都写着一句备注。我随意翻了两页，有的写着帮她收了三亩地的苹果，有的写着每天帮她拉车过河，有的写着某年某月某日陪她上县医院拆石膏。

我问她，这些都是帮助过你的人吗？她点了点头。她说等收成一上来就会想办法一个个还。我翻到第一页，看到第一个人名下写着：某年某月某日，送我去县医院，垫付治疗费五百二十七元整。她说那是她骨折后第一个帮助她的人。她去年卖苹果时翻车不小心压到了腿，当时那个人正蹲在路边吃饭，直接扔下碗筷就背她去医院了。我看到那个人的名字旁边用红笔画了一个勾。我问这个勾是什么意思。她说就是已经还过的。她说的时候，这才笑了，笑容安心又坦荡。

第二年，我收到一箱红得发亮的苹果，苹果堆里有一个信封，信封里装着三十块钱和一张纸，纸上写了六个字：好人一生平安，字后面是三个涂得很粗很大的惊叹号。我从来都没有想过，我竟然会为那句平日里一听到就起鸡皮疙瘩的"好人一生平安"而感动。最令我感动的还不是这六个字，而是那三个力透纸背的惊叹号。因为我确确实实能从这三个惊叹号里，感受那个姑娘对我真真切切的祝福。

我说这两件事让我感到幸运，不是因为它们碰巧都不是骗局。而是因为这两件事让我觉得，这个世界啊，其实是动人的。

而我所能感受到的动人的人情味，还远远不止这些。

在我打算去某个大城市工作前，我的所有朋友几乎都劝我，说那里排斥外地人的现象非常严重，说网上流传那里的本地人觉得市中心以外的人都是乡下人。但我在那里待了快两年，却从没有遇到过什么排外的事情，印象中也没有因为什么事被看不起过。

我当时住在某条老街的某栋老洋房里，房东是位住我隔壁的老阿姨。她把所有东西都规划得井井有条，因为卫生间和厨房三家共用，光天花板上的灯泡就走了三条线，连着三个开关；共用的厨房水管也走了三个龙头，对应三个水表。我实在得承认我是乡下人，第一次看到长了三个水龙头的池子时下巴都快掉了。老阿姨悄悄讲，可不要小看这三个水龙头，阿姨不装会很麻烦的。她用下巴指了指另外一间房子的门，说那是一对外地来的小夫妻，简直要把浪费水当光荣了，每天哗哗哗地听得她要"死特"了。

因为我始终相信，你有多动人，这世界对你，
就有多动人。

但老阿姨对我却好得不得了。不仅端午节给我带青团，偶尔她子女回来吃大餐会叫上我，甚至怕我一个人住无聊，给我添置了一台小电视机。因为这台电视机，那对小夫妻还跟老阿姨吵过架。貌似是小夫妻不高兴没给他们添置，老阿姨尖着嗓子在楼梯里喊，我就给他买可以伐拉，厨房间水管塞牢了是他帮我通额，卫生间灯泡爆特是他帮我调额，你们那个时间死到阿里塞角落去啦。我估计你们是不要电视机了，你们天天孵了窝里吵架就很惬意了呀。老古话讲家丑不可外扬，我买个电视机给他讲穿了也是为你们，人家看了电视就听不见你们那些事情啦，你们还怪我一刚……后来我因为工作原因搬家，老阿姨甚至要给我减房租劝我继续住下去，跟我诉苦说我走了以后她去哪里找我这样又灵气的年轻人当房客……

虽然这样说对那一对小夫妻不公平，但你瞧，这多动人啊。

我时常纳闷，我这个从来不肯掏钱给乞丐的人，为什么会如此幸运，时常会从他人那里感受到这世界的动人呢。并且我还有坏心眼，为了消除我不给乞丐掏钱所产生的烦闷，极力推崇我曾经看到过的一篇故事——主人公某天晚上在天桥摆摊的老太太跟前买了五毛钱的线卷，碰巧过来一位乞丐，便顺手给了乞丐一块钱。他一扭头，发现老太太吃惊地望着他，眼神里的伤感他一辈子也忘不掉。那之后他就再不对乞丐施舍了，"我不给乞丐钱财，不管他们是不是真的需要帮助。只是为了不让那些过得比所谓乞丐更加艰辛，却仍然努力不放弃生活的人伤心"。

　　我心里明白，推崇这个故事大抵是为我自己顺心。也明白大部分给乞丐钱财的人，也是为了让自己顺心，我们没什么差别。当然，我更明白会有人反驳我：拒绝帮助乞丐是为避免让劳动者受到伤害，那帮助人作弊怎么没想过会伤害没有作弊的人？关于这一点啊，我也考虑过，但我觉得吧，考试本来就是一种僵化的选拔方式，我兴许帮助了一位成绩不好但潜力巨大的人呢。

　　你看，我就是这样一个有无数坏心眼的人，用我所理解的方式和我所选择的眼光，来与我所接触的这个世界相处。

　　可谁又不是呢。

　　我虽然承认自身有很多顽固的坏毛病，也知道我不可避免地会对一些人和事产生偏见和误会，甚至带来伤害，但我会尽力让自己越来越好，使这样的情况越来越少——我愿意从越来越友好的角度，来理解和对待我越来越喜爱的世界。虽然与世界相比，我渺小到可以忽略不计，我的举动也无足轻重到分毫不会影响到它，但我依旧愿意为此努力，为我越来越友好和善良的那一部分而高兴，为我用我越来越友好和善良的那一部分，所换取的每一个动人的瞬间而安心。

　　因为我始终相信，你有多动人，这世界对你，就有多动人。

友
好

万物
和你一样动人

Everything

is

as touching

as you.

勇敢

Everything is as touching as you

01

PART ONE

-PART ONE-

后来的你们，请多指教

" 这就是我喜欢他们的原因：直接，坦诚，热烈。我喜欢他们主张掌握自己的命运，我喜欢他们不会太受他人的影响，也不会把自己的想法强加于人，我还喜欢他们认为人世间最珍贵的事物，是理所应当去追求的东西，如果没有，宁缺毋滥——没有爱情当然就可以不结婚，聊不到一起当然就不用做朋友，得不到乐趣当然就可以炒老板，活得不开心当然就可以一走了之。 "

　　仅仅几年而已，我已不敢再大言不惭地自称少年了，若提起也仅是为了自我调侃，别无他意。我不得不承认这对我来说算作一场悲凉。而导致这场悲凉最根本的原因是，我身边的 90 后越来越多了，正儿八经的少年越来越多了。他们每出现一次，都会明晃晃地提醒我一次：你老了。

　　我刻意不在这篇文字里提及 00 后，因为我不想让自己过于难堪。我也刻意不在这篇文字里提及 70 后，因为我的这些有的没的的感慨，在已经感慨腻了的他们眼中或许仍算作无病呻吟。

　　第一次真正意识到少年不在，大概是去年和朋友吃饭的时候。那个饭局上有好几位 90 后。在那之前我虽然也常和 90 后打交道，但总未对自己产生过老去的怀疑，即便偶有担忧，也会用"我要是小一岁零一个月也是 90 后"这句话来自我催眠。但在那场饭局之后，我彻底意识到了。

　　那天大家一边吃着饭，一边聊到了面试的话题。我便开始以一个过来人的姿态，说起了我的第一次面试。我说我直接跟老板承认我退学了，没有大学文凭。老板呛我说，你大学都没坚持下来，你怎么证明能在这里坚持。我反呛他说，那您意思是分了手的人不能再谈恋爱，离了婚的人不能再结婚吗？上大学对我来说本来就是错的，是浪费时间的，错的东西为什么要坚持？

这是我最拿手的故事之一。我说得眉飞色舞口沫四溅，说完故意停顿了一下，等待有人问后来呢，也知道一定会有人问。到那时我就会做出一副"这还用问"的惊诧模样，笑嘻嘻地说，后来，后来我就被录用了啊。结果就在我故意停顿的当口，其中一位90后挠了挠头说，你好像以前说过了。

呃……

大家都愣了，我也愣了。只不过我愣的时间比较短，因为我毕竟年纪不小了，脸皮厚，不怕尴尬，也会化解尴尬，这是年纪不小的好处。我立刻做出泪涕横流的样子拍着那位90后的肩膀说，年轻人，给条活路行不行嘛。继而和大家笑成一团。

我就是在那时意识到我已经不再是少年的。

不是因为我油嘴滑舌的自嘲，而是因为我一边跟着大家笑，一边想起了我爸，我意识到自己那副眉飞色舞唾沫四溅的样子，跟我爸简直一模一样。每逢我过年回家，他都要跟我重复一遍以前的光辉事迹。不过我可没胆量像那位90后一般敢于戳穿，因为我爸也不会像我一样善于自嘲，那样的话我唯一的下场是过不好年。

其实我了解，重复那时的故事不是真觉得有多精彩，而是因为后来的我再做不出那样的事了——懒了，也不敢了。就好比我在很多城市居住过，刚开始每换一个城市，落地的第一反应都是欣喜与好奇，可越到后来，内心有关梦想与远方的悸动就越少了。经历过一次又一次的搬迁，这些悸动随着我在不同的城市的同样的超市里买同样的家具和日用品，随着我在不同的公司的同样的人群中说同样的话做同样的事，一点一点被消磨光了；当然，更主要的原因是越到后来，我身上的有关人情与世故的牵绊就越多了。重新回到北京之后，有很多朋友问我会继续留在北京吗，虽然我按照以往的经历和经验不敢打包票，但心里却是知道的，我大概八成都会留下，因为我很难离开了。

于是，我越来越做不出说怎样就怎样的抉择了。我重复那时的故事，无非是在怀念那个我深爱的、一无所有却无所畏惧的年轻时的我，无非是在深深地羡慕着那些比我年轻的、正在年轻的人。

我实在太愿意和比我小的人玩耍了，尽管总被开玩笑说成老头子，却还是笑嘻嘻地自称是他们的同龄人。现在想来，我喜欢和他们待在一起，可能是因为能够感染到一些我曾赖以为生、现在却逐渐丧失的朝气，也有可能是我的内心终究没能真正成熟，这个年纪该过来的，我还没有过来。

我喜欢他们与人接触和交流的方式，似乎更多了一份直接和热情。见到新朋友会彻底免去客套，上来就勾肩搭背热火朝天。比这份直接和热情更珍贵的是他们的有趣、聪明和包容。

我之前做杂志时跟几个 90 后去拍外景，在我们要赶去下一个片场时，化妆师不肯走了，抱着杯子要喝完剩下的一半咖啡。按照成年人的做法，应该是伪善地一边说没关系一边坐下来等她，然后在心里翻一个大白眼，默默给她下一个没有团队合作精神的结论。而 90 后的摄影师则偷笑了一阵，假装生气地说，你可以这样啊，你可以把咖啡倒你兜里打包带走啊。边说边要过去扯开化妆师的口袋往里面倒咖啡……

似乎在他们眼中，什么都像玩笑一样，没什么大不了的。不会因为一个人的行为举止、选择癖好，上升到对那个人的人品和性格下定义，更不会流露出那种，你一看就知道他们自认发现了什么，迫不及待要背着你和朋友们大谈特谈你的微笑。

我喜欢他们用心爱戴偶像时的那种狂热。如今我非常后悔的一件事是，喜欢周杰伦的那些年，我最多只是买买他的唱片，没有坐一晚上绿皮火车去大城市看一场他的演唱会。前段时间他出新专辑，我特意托朋友在台湾买了一张带签名的。可能是觉得亏欠了我的青春吧，喜欢了这么多年连签名都没索求过，总是很遗憾的。如果他接下来要在北京开演唱会，我无论如何都是要去看的，毕竟再过两年我可能也就蹦跶不动了。

可他们不是，他们对自己的热爱毫不掩饰，即使夸张到不被年长的人理解也丝毫不会动摇，知道自己的痴迷是可爱的，是宝贵的，是值得骄傲的。我甚至觉得，他们可能是这个时代，第一批可以做到真正无悔的，对得起自己的青春的一群人。

而最让我欣赏也最让我羡慕的是，这些后来的少年，似乎比我那个时候还要疯狂和果敢，故事比我那个时候还要惊心动魄。我认识一位九一年出生的小男生，近几年饱受家人逼婚之苦，但自打去年开始，他家里没有一个人愿意跟他提结婚这件事。因为他在去年最隆重的一场逼婚宴上爆发了。那次，他的家人合伙把家族里所有结了婚的男丁都聚集在一起，带他去餐厅摆了一桌席。

那个小男生告诉我，他几乎得咬着牙，才能勉强听下去这些人轮番上阵的劝说。他说他要是不摔杯子，这群人恐怕要说到第二天早上。杯子一碎，所有男丁都愣了，不知道他怎么了。他眯着眼睛扫视了一圈，指着里面最能扯的三舅问，三舅，你道理这么多，你告诉我，你爱我三舅妈吗？三舅嘿嘿一笑，刚吐了半句"话不能这么说"就被他打断了。他摆摆手继续追问，你就说爱，还是不爱。他三舅嘴唇动了动，再没说出过一个字。他又指着那位不断重复不孝有三、无后为大的大伯说，大伯，大娘天天跟你吵架，天天没事找事寻死觅活的，你告诉我，你活得开不开心？大伯还没反应过来，大伯儿子，他堂哥发飙了，可还没发出来，他就指着他的堂哥吼道，你有啥资格发火，你以为你那些事我嫂子不知道吗？

那位小男生跟我说，其实他当时根本不知道他堂哥有什么事。但说完他堂哥直接就没脾气了，低着头开始猛灌白酒。那顿饭后半场，他一个一个把那些人劝他的话都还回去了。最后又扫视了一圈，说，今天桌上的都是爷们儿，咱坦诚点，你们谁敢拍着胸脯说一句我爱我媳妇，我这辈子对得起我媳妇，我跟我媳妇结婚不后悔，谁现在出来劝我结婚，我保证把每个字都听进去。说完，他往椅子上一靠，双手插在胸前开始等。

大概沉默了有十多分钟吧，桌上终于有个人开口了。是他爸。他爸又爱又恨地笑着拍了下他的后背，说，行行，你爱咋咋的吧，你们现在的年轻人真跟我们不一样了。于是在那之后的这两年，他再没听到谁敢劝他结婚的话，家族里的女人若是忍不住想劝，也会被身边的男人不约而同地转移话题。

我用一副特别欠揍的语气逗他说，那么你到底为什么不结婚呢。小男生没有听出我语气里的玩笑，反而目瞪口呆地看了我一会儿，继而给了我一个轻蔑的笑。他叹了一口气，慢悠悠地说，我时常纳闷你们这些老头子啊，怎么做什么事都要本末倒置呢。结婚不应该是找到相互喜欢的人之后才考虑的事吗？怎么可以为了结婚而去逼自己去喜欢一个不喜欢的人呢。

我正想反驳我不是老头子，他倒摆了摆手，说上瘾了：不仅本末倒置，而且很自私，尤其生孩子。生孩子可是涉及生命的事啊，本应是很伟大很无私的举动，该是两个相爱的人创造了一个幸福美满的家庭之后，想要把这份快乐分享并传递给一个新生命，并坚信自己有能力让这个新生命也幸福美满，才该去做的事。怎么有些人可以把生孩子这么不当一回事，自己都活成什么样了还要孩子，甚至以为生了孩子丈夫就留下了，老妈就高兴了，香火就延续了，养老就有保障了。用一个新生命的整个人生去达到个人目的，人世间还有比这更自私的决定吗？说"含辛茹苦养育十八年，一把屎一把尿的"我就笑了，人家要你养育了吗？是你自己要生的啊，不讲道理了呀，不知道要为自己的决定负全责这一说吗？再说句不好听的啊，不知道自己过得有多穷多苦多累吗？孩子是不能跟你们一起决定要不要生孩子，要是能参与，说不定还不想投胎到你们家呢。我是觉得啊，最该要孩子的人，一定得是认为自己幸福的人，物质条件好不好另说，好的三观可比物质重要多了，只有身心健康的、幸福的、美好的人，才真的该创造新的生命。

注意哦，他举起食指补了一句，我说的是"该"，而不是"有资格"，当然，说到底所有人都有资格生孩子，那是人家的自由，人家哪怕是连环变态杀人狂都有生孩子的权利。我说的是我自己，我只管我自己。

我不得不承认小男孩真的把我说愣了，我是苦思冥想了半天也找不到理由反驳，最终只能灰溜溜地回了一句，以后可不可以不要叫我老头子啊……

不过，这就是我真心喜欢他们的原因——直接，坦诚，热烈。

我喜欢他们的处世态度，喜欢他们主张掌握自己的命运，喜欢他们毫不避讳自己的野心和欲望，也毫不干涉他人的野心和欲望；我也喜欢他们的生活方式，喜欢他们能够迅速接受新的事物，喜欢他们不会太受他人的影响，也不会把自己的想法强加于人；我还喜欢他们的思维观念，喜欢他们对事物的看法永远从内心中最本质的部分出发，喜欢他们把上辈人压抑在内心的、对人世间最珍贵的事物的渴望，当作理所应当去追求的东西——比如爱情，比如快乐，比如理想，比如地久天长——没有爱情当然就可以不结婚，聊不到一起当然就不用做朋友，得不到乐趣当然就可以炒老板，活得不开心当然就可以一走了之。

这样想来，他们似乎比一些年长的人要更加成熟。面对自己，他们似乎可以一边直面初心，一边又敢于嘲笑和完善初心里那些幼稚和偏激的部分。面对世界，他们似乎又可以一边接纳和消化新的事物，一边又不断对世界观和人生观做出相应的调整。

当然，他们也有缺点，比如自我，比如自恋，比如一点点可爱并无伤大雅的自以为是。可是啊，这些能够用时间磨掉的棱角，比起那些一辈子都改不掉的懦弱和虚伪，传统和固执，不知道要好到哪里去了。

我大概是无论如何都无法返老还童了，可能在几年后，也会彻底

勇
敢

放弃抵抗别人叫我老头子。但我在这里想说的还有很多，想说说世界其实并不像你们想象的那么简单，当然，也没有多不简单，想说说大人们的决定也并不像你们想象的那么不正确，当然，也没有多正确。但我又有什么资格去跟你们倚老卖老呢，我所知道的，你们或许立刻就会知道，我还不知道的，你们或许早就已经知道了。毕竟新的世界是怎么样的，我们谁都不好下结论。唯一可能、似乎、大概、或许、仿佛可以确定的是，它可能跟我有关，当然，更跟你们有关。

要继续加油哦，后来的少年们。未来的日子里，还请多指教。

不过，这就是我真心喜欢他们的原因——
直接，坦诚，热烈。

Everything is as touching as you

02

PART TWO

-PART TWO-

向即将成为好的大人的、
好的你致敬

> 其实我知道，我对另外那几位大人的恨挺没有意义的，既不能让我产生对他们做什么的冲动，也无法让我的人生变得更好，顶多只能折磨折磨我自己罢了。但这份伴随我多年的恨意，还是带给了我很大的好处，那就是让我在审视自己和身边的同龄人时，所产生的莫大欣慰。很走运的，我们是比他们更好的大人。

我似乎无论如何都消除不了对某些大人抱有的恨意了。

这种恨意来源于我还是个孩子时接触到的一些大人。尽管按年龄算，我现在已然算是大人，但我的成长并没有让我按照他们当初所说的"长大了你就知道了"的方向发展，并没有让我对他们的行为多一分理解和包容，我的成长唯一带给我的，是一个我曾经许下并执行至今的誓言——此生永远都不会成为像他们一样的大人。

若在回忆里按照倒叙的方式往这种恨意的源头追溯，我首先想到的是七岁那年认识的一个大人。她是我的班主任。就说一件让我恨她的事吧，尽管这种事数不胜数。她曾在某个星期五宣布，下想起一学校要检查出勤，所有人都不得迟到，否则后果自负。这种警告是有效果的，星期一迟到的人只有一个，这个人是我当时的好朋友。至于他迟到的原因我记不得了，就让我们认为他没有任何借口，就是纯粹地、故意地想迟到吧。

我的那位班主任，很反常地，并没有生气，也没有像以往一样用教鞭抽他的手腕，而是笑着从讲台抽屉里取出一块木牌挂在他的脖子上。牌子上用红油漆写着七个字：我是猪，猪才迟到。好玩吧，好玩的在后面呢。班主任命令我的朋友带着那块木牌，绕班里过道走一圈——她拍了两下手，用欢快的神情动员全班同学说，来，猪来了，大家往猪身上吐唾沫，预备，开始。

我不用去发誓这件事是不是真的，因为共同见证的有四十多双眼睛和一个可能被毁掉的灵魂。直到现在，我还是会纳闷这位班主任在木牌上用油漆写下这句话的那一刻，心里在想什么，是快乐还是难过，是希望这块板子用得上还是用不上。至于我受到的伤害，除了因为不肯吐唾沫以及违反"不准跟猪玩"的禁令而被罚大扫除一个星期，就是由此开始产生的，对一些大人的恨意了。

上初二那年，学校里出了一件大事。我仍能记得那天是一个阴天，因为当那两声巨响传来时，我还以为是暴雨将至的征兆。直到楼道里出现了人们平常不会使用的代表恐惧和愤怒的叫喊声，我才意识到这两声巨响与天气无关。

那是一个男生拿刀砍门的声音。

拿的是他母亲在菜市场摆摊时剁酱肉用的长刀，砍的是他老师逃命时躲藏的办公室的门。他之所以能用那把刀，是因为他母亲前几日心脏病突发进了医院，这把刀闲置在他的家里。他之所以要砍那道门，是因为他前一天曾恳求老师不要将他这次不及格的消息告诉躺在病床上的母亲，而这位当面答应他的老师却在他离开办公室后立即拨通了电话。

门上那两道被刀砍出的裂痕并未登上隔日的报纸，也没有在任何一次师生集体大会上被提及，似乎有一股莫名的力量让整件事像那个始终没有落雨的阴天一样悄然消失了，同时消失的还有那位被勒令退学的男生。留下的，除了那个昂首挺胸照常上班并带着胜利笑容的老师，以及他那段时期在每个班上课前开场时说的那句"这就是跟我作对的下场"，就是那两声巨响在我们心里留下的两道永不愈合的伤痕了。

大概是从上高中开始的吧，身为人师的那些人终于学会了收敛，这种收敛或许是因为对将近成年的学生多了一份尊重，或许是因为，学生们的手臂上逐渐隆起了肱二头肌。

而此时此刻，唯一不肯收敛的大人们，就只剩下一些为人父母的了。

我认识一个曾患过抑郁症的姑娘。貌似之前有个什么调查，说对心理学感兴趣的人一般都有抑郁倾向，因为他们想弄明白是怎么回事。于是我便问这个姑娘有没有投身心理学的打算。她却说坚决不要，因为她母亲是精通临床心理学的医生，她父亲是精通犯罪心理学的警察。这两本大书压在她的头顶，压过了她整个童年，导致她现在一听到心理学就害怕。

她说她小时候只要一撒谎，她的父亲就会让她不断重复她编出来的理由，直到找出漏洞为止。她说她现在撒谎的本事特别大，因为从小就被练出来了。我问她母亲为什么不管。她说管啊，她说她的母亲每次都会坐在一边，一边看一边冷静地说，其实我们知道你为什么撒谎，你只是为了找存在感。

她说她母亲其实说得对，她就是为了找存在感。她每一次撒谎犯错都是故意的，都是为了一个不甚荒唐的理由——希望她的父母能抱她。她说在很小的时候，曾看到过别的父母抱着犯了错的小孩，亲着他们的脸颊说，知错能改就是好孩子。她说她好想像其他小孩一样坐在她父母的怀里，哭着说一句"爸爸妈妈我再也不敢了"。但她知道她此生是不会有这个机会的。

　　我还认识一个喜欢自称贱货的男孩。他说他是个什么都不配得到，什么都不配拥有的贱货。听到别人叫他贱货，他甚至会非常开心。直到他跟我讲述了他的童年，我才明白他为什么会这样。

Everything is as touching as you

　　他是个家境几近贫穷的孩子，却被父母送到了贵族学校。他因为这所学校经历了人生中最痛苦的几年。我问他是因为攀比吗？他点点头说是，又摇摇头说不是。他说他的同学人都很好，不论家境或人品。他们喜欢攀比，却从来不跟他攀比，他们对他，有的只有同情。同情到每当他走过，他们都会用眼神互相示意要压低声音。因为他们知道，所说的任何一句话，提到的任何一个物品，都有可能伤害他的自尊心。

　　他说他学习非常好，每次考试都是全班第二。但他的父母会因为他考第二而训斥他说，人家家里有钱，爱考第几就考第几，你考不了第一就什么都没有了。但他的父母不知道，他是故意考第二的，因为他明白，要是考了第一，那他真的就连朋友都没有了。

　　他说他那段时间最想要的是一双"耐克"鞋，但他从来没有张口问父母要过。他不是不想要，而是别的同学也没怎么穿过"耐克"。他一开始以为大家不穿是为了他，后来才知道那些鞋子的价钱顶好几双"耐克"鞋。那几年，他唯一向父母要过的是一份《语文报》。他记得那份报纸是二十六块钱。他为这份二十六块钱的报纸曾在家里撒泼打滚要死要活过，因为他家负担得起，更因为，没有"耐克""阿迪"。可以说是因为不喜欢，而没有这份报纸，就是连二十六块钱都掏不起的人了。

　　但他没有要到。

于是，他成了班里唯一一个没有订《语文报》的人。从此，每个发放《语文报》的星期五，便成为了他最害怕的日子。每当老师把那份报纸放在讲桌上，都会发出吓得他浑身一颤的一声响。他说那种感觉像临刑，像刽子手提刀走进教室，要把没订报纸的人头砍掉。临刑那一刻，是他的老师在发报纸时自然而然越过他的那一刻。他说这样更好，总比刚开始老师记错了发给他，随后又转身从他手里抽回去的要好。但每次越过他，他还是会想起当初要报纸时，他父亲对他说的那句话。

他父亲说，你考不了第一，你配吗？

后来我就明白他为什么自称贱货，也喜欢别人称他贱货了。因为这样他就不会纠结为什么就他跟别人不一样了，就不会委屈为什么就他比别人拥有的少了。贱货对他来说，实在是太好的称呼了，一听到他就释然了，一切就都能解释得通了，就都顺了。

我就是如此消除不了对某些大人抱有的恨意的。

我曾以为，这股恨意会随着我的青春流逝而逐渐消退，会随着我的心智健全而逐渐平息。毕竟人越长大就越会明白，恨是很累的一件事，是磨损生命的一件事。但我没有想到，在我终于长大成人之后，这股恨意非但消退不了，反而随着我对大人世界的了解，越发强烈了。

　　因为我发现，教师就是一份职业，跟普通人的普通职业一样普通，而不是所谓的培育祖国花朵的光芒万丈的园丁。选择成为教师的人，似乎绝大部分都不是因为响应教育事业的号召，也并不具备所谓的以培育下一代为己任的献身精神，他们成为教师，跟我们这些从事其他普通行业的普通人一样，是为自己的前途和未来而做出的一个普通的选择。

　　因为我发现，某些父母决定成为父母，也不全是为了孩子着想的，甚至全不是为孩子着想的。这些父母决定要孩子，不是说因为想让这个新生命分享我们所能提供的幸福安康，让我们在老去的日子里，因为见证孩子的幸福成长，从而在无奈的岁月流逝中感知到欣慰和满足。而是为了一些跟孩子完全无关的理由——取悦长辈，拖住伴侣，甚至是打发无聊时光。

　　我表达这些并非为证明人性里的自私，况且人性里的自私无须证明，既不是对也不是错，而就是既定的事实。我表达这些只为说明，从事教师行业的人、选择成为父母的人，在他们所需要面对的新的灵魂面前，并没有比另外的人伟大到哪里去，高尚到哪里去。更何况这些大人中，有一些本身就是不优秀甚至不合格的人。

　　我至今都想不明白，我小学的那位班主任是怎样成为班主任的。我不知道给学生的脖子上挂牌子，让其他人往他身上吐唾沫的行为，是因为她暂时的头脑发热，还是因为她长久的性格扭曲。当然，她一

定有她的理由。可能是她对迟到深恶痛绝，可能是她幼时受过更严重
的惩罚，也可能是那一次迟到对她的职业发展造成了阻碍。但我不清
楚到底是哪个理由，赋予了她污蔑甚至是摧毁别人灵魂的权利的。

我至今还想不明白，一个自己没有能力让家庭平安富足的人，为
什么要让他的孩子去肩负扭转家境的重任。当然，人都是对未来有美
好期望的，但在期望之前，是不是可以考虑，自己做不到的事不强迫
别人去做呢。即使自己能做到，把当初没有做到怪罪给运气不好，境
遇不好，甚至是时代不好，是不是还可以考虑，这份期望有没有不切
实际，有没有强人所难，最重要的是，符不符合对方的意愿呢。也许
对方有自己的打算，也许对方就是想平淡安然地度过这一生，度过这
连最开始的出生，都不是他自己的意愿的一生呢。

当然，我也遇到、知道一些好的老师和好的父母。包括几个带过
我的老师，我的父母，以及我一些好朋友的父母。但我拥戴和尊敬他们，
并不是因为他们的职业和身份，而是因为他们的为人。虽然我的出生
和所有人的出生一样，都不是自己的选择，虽然我在具有独立人格之前，
也不能决定自己的人生，但我庆幸，庆幸对我的灵魂造成影响的人是
他们，我更感激，感激赋予我生命的人是他们。

我庆幸我在遇到他们之前，他们在选择那个职业和身份之前，首
先就已经是好的大人了。

其实我知道，我对另外那几位大人的恨挺没有意义的，既不能让我产生对他们做什么的冲动，也无法让我的人生变得更好，顶多只能折磨折磨我自己罢了。当然，我无法得知他们在渐老的过程中会不会有好的转变，也无法得知他们在老去之后会不会对自己的行为忏悔，但这些与我又有什么关系呢。这份伴随我多年的恨意带给我的好处只有一个，那就是让我在审视自己和身边的同龄人时，所产生的莫大欣慰。

很走运的，我们是比他们更好的大人。

向每一个即将成为好的大人的、好的你致敬。

Everything is as touching as you

03

PART THREE

-PART THREE-

我已经失去了
停留的全部理由

后来，我再不会考虑哪个选择能让我得到更多了，随着年龄增大，考虑的便是哪个能让我失去更少了。毕竟是宿命里的人。宿命里的人哪有全部选对的时候。尤其是被上苍忽略，只能为自己定夺命运的孩子，哪里能每次都对得起自己。再后来，我就明白了。既然怎么选都是错的，那么怎么选，也都是对的。

　　"生存还是毁灭，这是一个值得思考的问题。"对我来说，比这更值得思考的一个问题是，等了很久公交车都不来，是继续等还是打车。

　　这是个困扰我多年的问题，至今都没有结论，所以后来我都改坐地铁。地铁基本不会迟到，而且只要不是末班车，即使错过下趟也不需要等太久，最重要的是，站内的电子屏幕上写着下次列车还有几分钟到，明确直接，要等多久心里都有底，不像没准儿的公车那样让人纠结个没完。

　　我之所以纠结，是因为等或不等，似乎都有道理。继续等，是因为已经等了那么久，已经浪费了那么长时间，再不等到不就白等、白浪费了吗？而且万一下一秒就会出现呢？不继续等，是因为已经等了这么久，已经浪费了这么长时间，难道还要继续再等、再浪费吗？而且，万一还要再等很久呢？

　　等还是不等，这真的是个问题。

　　上大二那年，我爱上了一个人，那次我选择了等。很令我惭愧的是，后来再想，那个人我并没多喜欢，可我那时却因为无法承受分手的苦闷和痛楚，做出一件后来再做不出来的汗颜的事。

　　印象最深的是我刚得知被分手的样子，那是我第一次正式经历分手。我握住因为通知了我分手而怕得发烫的手机，向前走了几步，觉得不对，又转身向后走了几步，还觉得不对，这样反复几次之后，我突然停了下来，因为我的这副狼狈模样实在让自己感到恶心——可我真的不知道该到哪里去。

从那天起，我开始了等。我每晚都去那个人住的小区，但我没有发短信说我在哪儿，也没有打电话等对方问你在哪儿，就只是坐在楼下等。我也不知道在等什么。等那个人半夜发现冰箱没东西去便利店时与我相遇？还是等那个人早晨提着垃圾袋买早点时与我相遇？我不知道。我甚至不知道我是否希望相遇，因为我总在那个人下班回家后去等，然后在那个人上班出门前离开。而且每当身后传来脚步声，我都会匆忙躲起来，但发觉不是那个人时，又异常失落。

几天后，这份等待莫名变成乐趣，一乐就是半个月。我甚至背上背包，背包里装着零食、薄毛毯，还有一台 PSP 游戏机。当时的我还觉着就这样一直等下去也挺好，起码等了一晚上之后，第二天回宿舍可以睡个好觉。现在再想，我当时可能并不是为了等，而是因为这样就可以离那个人近一点，我心里就会好受一点了。

终于，我们还是相遇了。在一个周末的凌晨，正当我披着毯子用 PSP 玩《啪嗒砰》的时候，听到头顶传来一句"你在这里干什么？"我当下没反应过来，低着头说了句"稍等一下，到 BOSS 了"，直到那个人叫出我的名字，我才心里一黑，慌忙扔掉游戏机站了起来。

　　说老实话，这半个月我并没想过相遇时要如何告白。但当时更让我开不了口的，是那个人旁边站了一个陌生的西装男。那个年纪的我对西装男都比较怵，觉得是真正意义上的大人，所以当下就蒙了。我脑子白了半天，嘴唇木了半天，终于鼓起勇气说了句昏头昏脑的话。我说我在等你，我爱你。

　　其实我脱口而出的这句并非真心话，而是因为偶像剧就这么演的，这个情境貌似就得配这句话。不过接下来的一幕并没有照偶像剧的剧情发展。那个人并没有立刻捂着嘴哭泣，也没有说有话要对我讲让西装男回避一下，而是扑哧一声，乐得花枝乱颤。

　　看到那个人乐成那副样子，我也不好意思地跟着笑了起来。可能是因为一旁的PSP不断传出的"吧嗒吧嗒吧嗒，嘭、嘭、嘭，吧嗒吧嗒"的背景音，真的很好笑吧。那个人擦了擦笑出的眼泪，对我说，以后要好好照顾自己啊。我点了点头，说"嗯"。然后那个人就拉着一头雾水的西装男进电梯了。我又看了一会儿电梯，直到电子屏上的数字表示他们已到达那个我再熟悉不过的楼层，便默默收拾好东西走掉了。

　　从那天起，我就没再等了。因为第二天醒来，我竟没像往日那般失落，那段曾令我食不知味夜不能寐的忧愁，仿佛一夜之间变得久远起来，久远到我再记不得任何细节。接下来很长一段日子，我几乎很

说起来，人啊，要是对一个人没感觉，总会蓄意掩藏
无数铁铮铮的巧合，要是喜欢，则会把所有本无意义
的巧合，强说成缘分。

少会想到那个人。后来我才明白，我之所以能那么快就走出来，之所以能如此心安理得地放弃等待，到底是什么原因了。

因为那个人用笑容告诉了我，那趟公交车不会来了。

多年后，我又爱上一个人，那次我没有选择等。同样令我惭愧的是，这个人我是真的喜欢。我们身处异地，只在南京见过一次。说起来，人啊，要是对一个人没感觉，总会蓄意掩藏无数铁铮铮的巧合，要是喜欢，则会把所有本无意义的巧合，强说成缘分。我跟这个人便是。我飞去南京参加国际音乐节，这个人飞去南京出差，匆匆一面，我们就觉得这是命中注定了。

命中注定之前，其实我已有去北京发展的打算。命中注定之后，我便留在我的城市，开始了漫长的等待，因为这个人说想和我在一起，说次年有可能会来。后来我一听到有可能就会心里发紧，或许就是这次落下的病根。

一年后，我终于还是离开了，不是这个人没有来，也不是我对那句"有可能"失去了信心，而是因为一通电话。其实在这一年中，每当专属于这个人的铃声响起，我都会心跳加速，但并非兴奋，而是害怕，害怕接起电话后会听到一句，对不起，我去不了了。好在这个人自始至终没有说过，而是一次又一次地说，再等等，再等等嘛。

在那一通电话中，我说，如果你实在为难，我去你的城市吧，我啊，漂泊惯了，只要咱俩在一块儿，哪里都是一样好的。我不是为逗这个人开心，也不是为感动我自己，我是真这样认为的。可我话没说完，这个人突然打断我，斩钉截铁，义正词严地说不行。说完我俩都沉默了。而沉默后的那句话，我像《大话西游》演的那样，猜中了开头，却没有猜中结局。这个人说对不起，但没有说我去不了了，而是说，我有些事还没有办好。

平常到这里我就不问了，可那天像是中了邪，突然就想问清楚，这个人一直没办好的是什么。我问你要办好什么。这个人说没什么，再等等。我又问，你要办好什么。这个人说，我求你别问了。我没有听从劝告，还是问了句，你要办好什么。

其实我已经猜到了，不然我哽咽什么。这个人又沉默好久之后，几乎是用喊的语气，尖着嗓子对我说，办离婚，你满意了吗？

我是在当天夜里飞去北京的，不是赌气，而是我无法承担这个从一开始就把我蒙在鼓里的谎言。我特意没有选择靠窗的座位，因为我知道，当下我是无法承受窗外逐渐离我远去的城市灯火的。但我还知道，我其实并没有想象中的那般坚强。落地后，我取完行李，突然就转身上楼去了出发大厅，我那时已经昏了头，所有理性我都不管不顾了，我要立刻飞去我来的地方，我要去等。

但我最终没有这样做。当我站在票务处时，我终于还是想起起飞前，我问的最后一个问题，也是我最初想问却一直没有问的一个问题。我问你打算来这个城市，是不是因为我。最终，这个人说了一个非常诚恳的答案：不是。这个人说一开始也打算来，说有很多朋友在这边，准备一起做生意。到底做什么生意，我没有听清。因为空姐说飞机就要起飞了，让我关机。当然也有可能是因为，"不是"这两个字已经足以让人耳鸣了。在关机之前，我隐约听见这个人说了一句，可你不认为这样才是缘分吗？

若放在以前，我会认为这是缘分，是又一个命中注定的迹象。可我那时只觉得，这种缘分就是生命跟我开的无聊玩笑罢了。我在等命中注定，而这份命中注定却只是躲藏在谎言背后的一次碰巧的机会。我既担不起这份谎言，也无福享受这种碰巧的机会，因此也就没有继续等下去。我最终还是离开了票务处，跟随我最后一丝理智来到了我新的生活里。

因为我知道，虽然那趟公交车最终会来，可我已经浪费太多时间了。

可万一呢，万一我选择了不等那个人，反而会让那个人因为冷落而怀疑自己当初选择离开是错误的呢？万一我选择了等这个人，这个人最终就会成为我终生的归宿呢？万一我选错了，万一我感动上苍了呢？

　　　相信我，这种万一，我也想过一万次了。原谅我接下来会这么说：想感动上苍的世人那么多，上苍为什么就要选我当那万分之一呢，况且，我并没我想象中那般虔诚啊——虽然我并不在意付出，并不在意等或不等，但我在意的是，我的每一次选择，都能让自己得到更多。

　　如此自私的我，上苍为什么要偏爱？

　　后来，我再不会考虑哪个能让我得到更多了，随着年龄增大，考虑的便是哪个能让我失去更少了。毕竟是宿命里的人。宿命里的人哪有全部选对的时候。尤其是被上苍忽略，只能为自己定夺命运的孩子，哪里能每次都对得起自己。再后来，我就明白了，原来等与不等，似乎都没有道理。既然怎么选都是错的，那么怎么选，也都是对的。

　　后来偶尔再想起那个人，我都很庆幸，庆幸在等还是不等这个问题上，我做出的选择都没有让我迷失掉。这应该算是一种正确吧。虽然代价是提前面对结果，要在瞬间承受原本可以用很长时间的迷茫、纠结、不安、怀疑来慢慢缓冲掉的冲击。但有结果，总比没有要好吧。当我提前得知那一趟公交车永远不会来，得知会来的那一趟需要耗费我无力承担的时间，虽然会难过一阵子，但总是会安心的吧……

　　我知道除了马上启程之外，再没有别的办法了，不论选择另一种方式，还是去往另一个地方，我都得走，因为我已经失去了停留的全部理由。

　　其实人生从来都不是车站，而是一趟永不停站的公交车，我们从未下车，也从未做出过错的选择。至于那趟迟到的公交车什么时候来，与我们又有何干?

Everything is as touching as you

04
PART FOUR
-PART FOUR-

你的好　你要知道

> 你要知道，这个世界上，绝大多数拒绝你的人，都不是因为你不好。我们无须为此伤神，甚至也无须做出改变，更没有必要在以后的日子里，证明给他们看——毕竟，拒绝你有可能是因为瞎了眼，为什么要向一个瞎了眼的人去证明你有多好看呢？无论如何，你自己要知道。你要知道你的好。

　　人生中第一次被拒绝，是在我上高中的时候。拒绝我的，是我人生中第一个喜欢的人。那天是情人节。因为穷，我只买了一支玫瑰花。因为害臊，这支花被我塞进书包压了一个下午，掏出来已经扁了。扁的程度跟我喜欢的人脸上的惊讶程度成正比，同时扁下去的还有我准备表白的嘴。

　　我喜欢的人，不愧是我喜欢的人，拒绝我都拒绝得那么温柔，并没有流露出讥讽和不屑，而是很友好地接过花，睁大眼睛问，这是送给我的吗？我红着脸点了点头，说这是我第一次送情人节礼物。我收到的回答，是一个真诚的笑容以及一句委婉的拒绝：这也是我第一次收，谢谢你，我真的很感动。

　　"谁要感动啊，我要的是你。"

　　但这句话我怎么可能说得出口，我只能默默看着那个逐渐远去的背影，陷入了一种我当时并没有想到，以后还会陷入许多次的难过当中。我顶着难过，用几近哀求的声音冲那个背影喊了一句，除了感动还有别的吗。背影转过来，歪着头思考了一下，笑说，有啊，你让我知道了你是特别特别好的人。那个年代还没有好人卡这一说，我便以为这是一种夸奖，一种希望。所以我又死皮赖脸问了一句，那你……不喜欢好人吗？

　　可能是因为这个问题的答案太过残忍，我的大脑故意帮我擦除了这一段记忆。我唯一记得的是，在听到那个答案之后，我周围的一切都变形了——绝望铺天盖地地压了下来，把我和我的世界压得快跟那朵玫瑰花一样扁了。但最令我绝望的还不是表白失败，不是被拒绝，而是在那一瞬间，我对自己产生的怀疑、轻视以及失望，是在那之后，盘旋在我心里，让我几个月都无法安生的一句，我说给自己听的话——

你配不上人家。

后来再被喜欢的人拒绝，这句话基本就不会出现了。我逐渐增厚的脸皮让我学会用"那可能是你眼瞎吧"之类的借口来抵消这种绝望了。但那时还没能习惯被这个世界拒绝的我，无论如何都是会把原因推给自己的。这或许是人类无法避免的一种天性，就像每个周末都会随父母去公园玩的小朋友，在父母某次没能带他去的时候，不会想到是不是家里突然经济拮据了，也不会想到是不是父母吵架了心情不好，心中出现的第一个担忧是：会不会是因为我不乖？

我并没有想到，这种我再不想经历一次的被拒绝，将会成为我生命里再正常不过的一种常态。当然，不只是感情方面。大学期间，我跑去别的城市面试一家公司的实习生。那是我第一次面试。那次被拒的所有细节我都能记得。我面试的职位是一家营销公司的策划。我没有定旅馆，为了省钱，也为了我庸人自扰的一个担忧：我怕定了旅馆这份工作就保不住了，跟孩子出生前不敢买小衣服是同一种担忧。

　　面试进行得比我想象的要顺利，大部分问题我都认为回答得不错。同时面试的还有一个女生和一个男生。女生和我一样，同样都是没毕业的大学生，第一次参加面试。只有那个男生已经有两年工作经验了。那时我们还不懂人情世故，不知道推辞，面试前热情地互加了联系方式。面试到最后，老板问了我一个问题：你觉得自己可以坚持多久？我照实说我之前没有工作过，这是我第一份工作，但我有信心一直干下去。老板又问我薪水。我说我主要的目的还是学习，不会太看重报酬。老板笑着点了点头。我认为他那个笑容是表示满意。最后他说，不管录取不录取我，当晚就会给我答复。

　　由于没有定旅馆，我面试结束后就跑去火车站的候车大厅里，等待那个决定我买火车票或留下来的电话。那种感觉就好像跟心爱的人约好了私奔，在村口的大树下等待对面山头出现人影一般。而那个电话迟迟没有来。在最后一趟回去的列车到来前，我还是加入了排队买票的人群当中。就在我距离售票窗口还有两三个人的时候，我终于还是忍不住拨打了老板的电话。

　　对方没有听出我，等我三言两语说明情况后，他想起来了，恍然大悟地哦了一声，开始语重心长地建议我去其他地方投投简历，多试几次，并安慰我说刚出来找工作都比较难找。我那时比较轴，虽然已经心灰意冷了，但还是硬着头皮问他拒绝我是什么原因，说我好吸取教训。老板哈哈大笑，说没想到我这么认真。他说我其实挺好，思维不错，但就是经验不够，能力不足，他们需要的是有过相关工作经验和直接工作能力的人。

　　一听到相关工作经验，我就知道没有回转的余地了，毕竟跟那个有过两年工作经验的男生相比，我确实不够。但能力不足这四个字，还是让我接受了好一阵子。老板后面说什么，我已经没有心思听了，因为售票窗口的工作人员已经在问我要去哪儿了。我一会儿捂着电话对工作人员报车次地点，一会儿捂着自己的嘴对听筒说，好的我明白，对，我理解的，我会努力，也祝您工作顺利。

　　这两年再想起就会觉得，多大点事啊。可那两年过不去，坐在车窗前看着窗外的夜色，从起点愣到了终点。同样，这次绝望也不是因为被拒，而是我又一次陷入无限循环的自我否定当中，而且比以往更加严重，觉得自己好像什么都不是了。可能事关能力方面，男生大抵会比较敏感，也可能是我面试时表示了完全不在乎薪酬。怎么说呢，这就像对喜欢的人表白，说你不喜欢的地方我统统改掉，只要你别离开我就行——将姿态放到了最低，被拒绝便代表着被否认了全部。

　　但这一次的低落并没有持续多久。回去之后没几天，我实在闲着没事便翻起了朋友的空间。突然，我发现就在前一天，那个一同面试的姑娘在空间发了一张自拍。从背景来看，原来被那家公司录取的不是那位有着两年工作经验的男生，而是她。她的照片底下写着一行字：这是我第一次上班噢，好紧张，不过老板对我很好，开心。

我盯着那张照片上的微笑，突然也笑了起来。

前段时间和一个朋友喝酒。朋友是个特优秀的大美女，比我大几岁。她这次找我出来喝酒，是因为她前两天把一个跟她表白的男生给"撅"了，愁得她几天几夜睡不着觉。我知道她为什么愁，那个男的简直是韩剧里的男二号，家世、人品、长相、身高都有，而且已经超越"很不错"的范畴了，"撅"这种人需要下很大决心。她把空杯子往桌上一顿，欲哭无泪地吭哧吭哧了好久，摇着我的肩膀说，你说我怎么就这么作啊，这么好的男人，我这辈子可能再也遇不到了啊，我为什么就对他没感觉呢，我为什么就不是"外貌协会"呢啊，我好恨我自己啊。我小心翼翼地问，真一丁点感觉都没有啊？兴许再处处就有了。她抓耳挠腮地说，真不合适，他很好，你要相信我他真的很好，但他的好对我不管用啊，你说说我到底怎么了啊，我长这么美为什么就不能好好喜欢一下高富帅，偏偏只喜欢那种嘴贫话多爱逗闷子的男人呢。

说实话，虽然我能理解她的痛苦，人嘛，连没用的装月饼、巧克力的高档盒子扔掉都会觉得可惜，何况一个虽然没感觉但很优秀的人呢。但听到她这么说，我心里突然就亮堂了。是因为我见过那个跟她表白的男生，确实优秀得让人嫉妒，我亮堂是为心头出现的一句，没想到你也有今天；还因为我突然想起了一位十多年前，拿着被压扁的玫瑰花表白的人。

或许那个人并没有那么差，被拒绝，或许并不是因为他配不上人家？

不过这些都无从考证了，也无须去考证了。在社会上混的这几年，我逐渐见识了也理解了一些拒绝背后的真实原因了。越到后来，被拒绝这档子事啊，我就看得越开了。一是因为被拒绝的次数太多了，磨出来了，还因为，在一次又一次被拒绝的过程中，我逐渐明白了，拒绝背后的真相有时候比你想象的要复杂，可能是因为你没能好好取悦对方，可能是因为一些你看不到的对方的私人偏好，甚至可能是因为拒绝你的人并不具备慧眼，无法洞察你闪光的地方。而有时候，拒绝背后的真相也并没有那么复杂。不合适可能真就是不合适，没感觉可能真就是没感觉，不喜欢可能真就是不喜欢，但这些仅能代表与你不同路，而绝不是所谓的不够格。

我曾就影视版权的问题请教过我的朋友二熊，她比较熟悉这一领域。二熊跟我解释完个中情况之后，又补了一句话。她说，接下来要说的很重要，你一定要注意。我以为她还有什么遗漏的专业知识要补充，没想到她说的是，如果他们只肯出很低的价格买你的作品，这并不代表你的作品价值不高，同样，如果他们觉得你对自己的作品报价太高，也并不代表你的作品不值那个价，你千万不能因此怀疑自己的作品，这是没有任何关系的两件事。这个世界上总有人知道你的好，也总有人不知道，不论他们知不知道，你自己得知道。

　　二熊的这句话对我意义很大，也是我决定写这篇文章的初衷。被拒绝这档子事，每个人都无法避免。虽然我从高中起就开始在各个方面遭遇拒绝，虽然每一次被拒绝，多少会令人不快。毕竟是人，是人总想要获得认可，既然会因被承认而欣喜，当然就会因被拒绝而失落。

　　但，你要知道，这个世界上绝大多数拒绝你的人，都不是因为你不好。我们无须为此伤神，甚至也无须做出改变，更没有必要在以后的日子里，证明给他们看——毕竟，拒绝你有可能是因为瞎了眼，为什么要向一个瞎了眼的人去证明，你有多好看呢。无论如何，你自己要知道。

　　你要知道你的好。

Everything is as touching as you

05

PART **-PART FIVE-** FIVE

致未来的
新的我

"人当然是有欲望和名利心的。但做自己的人，需要的比这个还多，除了欲望和名利心，他们还需要在做自己时，让世人都能够倾听和认同他们心中的"自己"。做自己，从来都是一种独裁般的野心，一种既要随心所欲地活着和表达自我，又要世人为其摇旗呐喊的野心。"

前段时间，我很欣赏的一位歌手在比赛中唱了我喜欢的一首歌——《灯塔》。唱之前她说了几句话。她说那几句话时呼之欲出的一腔坦诚，我一听就知道了，知道她在这几年里经受了比常人更多的苦难。这是她的选择，也是她的宿命。她说她年少轻狂时经常说，别人能不能听懂她的歌，无所谓，因为她要做她自己。

做自己实在是人世间太常见也太艰辛的三个字了，真正做过自己的人都明白。他们都曾在年少时的某个平凡夜晚郑重许出过这三个字，那时他们并不知晓，许出的是命途里本应平坦安宁的很多年，即将接踵而至的、无因的万千苦难，已经悄然等候在次日清晨睁眼的那一刻。

对于这一点，我实在也算是有发言权的了。虽然我并未对自己许下过如是的诺言，也的确不认为做自己就有多么独特和光辉，但我却清楚地知道，无论我情愿与否，做自己这三个字都无可奈何地刻在了我的骨子里。这些是我于多年前，从一位前辈看我的眼神里发现的。

我上大学时曾选修过中国古典文学鉴赏课。至于一个在工科大学修工科专业的工科生为什么会选修这个，初衷我已经记不得了，当然也记不得在这门课程上学到了什么，但我仍记得授课的女教师对我说的那句话。

这位女教师曾是清华数学系本科毕业的一位女大学生，工作两年后考了北大文学系的研究生，毕业后就到我们大学文学院工作了。她是听说我们这所工科院校要向综合型大学发展时才决定进来的。从她过去的经历以及私下里的几次交谈来看，她是一位做过自己的人。在我退学前和她进行的最后一次聊天中，她用一种怜悯的、慈爱的、出院的人对仍未康复的病友才会用的眼神看着我，说，你要做好心理准备，你以后一定会活得很苦。

女教师预测对了，退学后的这几年，我的确过得异常苦。可话说回来，谁又不苦呢。众生皆苦，不苦可怎么叫众生呢。苦实在是世上最没法喊委屈的事，就如同在喊我为什么是人一般不可理喻。而我说的这种就更没资格喊了。众生的苦才是真苦，悲欢离合天灾人祸的，你不心疼就不是人。我说的这种因为做自己而产生的苦，那其实都是自找的。这些我心里明白，也没打算藏着掖着，所以认识我的人也都能看得出来。

小厚曾在你妹电台上给光光和我出过一道题，让我俩用一种动物来形容对方。我说光光是狗。因为光光给我的感觉是"永嗨型"的，见到大家永远一副开开心心的样子。而光光给我的形容则是驴。他说我给他的感觉就一个字，倔。可以拐弯的地方非要直着走，可以妥协的地方非要反着来，就那么赤裸裸、亮堂堂地在这片被人情世故笼络住的大地上我行我素着。

其实光光形容得再准确不过了，我确实像驴。但他解释错了，他啊，是故意错的，给我留了个面子，也给所有愿意做自己的人留了个面子。

　　其实做自己的人哪里是不愿拐弯呢，明明就是不会拐弯啊。哪里是不愿妥协呢，明明就是不会妥协啊。这绝不是一种变相的自我夸耀，不是一边拍着胸脯说"爷不会"，一边对语气里的桀骜不驯深感自豪；一边感慨世态炎凉，一边对自己的不识时务孤芳自赏。不是我做不到，是因为我拉不下这个脸，而就是字面上的"不会"，是一种能力上的缺失——做自己的人，明明就是除了做自己，再不会别的了。

　　做自己，从来都不是一种选择，而是一种宿命。

　　后来，我的眼睛里也会出现那种带有怜悯和慈爱意味的眼神，尤其是读完一些粉丝发来的私信之后。我仍记得某位粉丝讲述完"做自己"带给她的遍体鳞伤的际遇之后，说的那句让我至今想起仍会眼眶发红的话。她说，无论如何，我不后悔，我一定要明明白白活这一生，我一定要，明明白白，活这一生。

　　我知道，我为这位粉丝心疼，何尝不是在心疼当年的自己。就像那位女教师，她怜悯我，何尝不是在怜悯当年的她。那句"你要做好心理准备，你以后一定会活得很苦"，我最终没能对这位粉丝说出口。一是不忍，毕竟那句话对当年的我打击不小，我不希望对别人施加我

Everything is as touching as you

曾从别人那里蒙受过的伤害。二是知道说了也不会起作用。

330   前两年我特别喜欢 GALA 乐队的那首《追梦赤子心》。有一句歌词，每每听到都会让我热泪盈眶："命运它无法让我们跪地求饶，就算鲜血洒满了怀抱。"这样的歌词和句子还有很多，总结下来其实都是一句话：我不改，反正我不改。就像那位粉丝说的，不论如何一定要明明白白活这一生；就像光光口中的我那样，赤裸裸、亮堂堂地在这片被人情世故笼络住的大地上我行我素着；就像那位女歌手曾经坦白过的，别人能不能听懂她的歌，无所谓，因为她要做她自己——有一种即使知道结局是沉溺也要下潜，即使知道结局是殆尽也要燃烧，一边不断遭受着命运不知疲倦地玩弄，一边不改初心地痛哭流涕着说我不后悔的，伪装成潇洒的狼狈劲儿。

其实，做人哪有不后悔的。

不后悔这仨字啊，太费尊严了。不外乎是说给自己听的慰藉：给昨日的自己挽回点尊严，给明日的自己壮壮行。人活于世，一天比一天明了通透，怎能不嫌弃年少懵懂。若真能不后悔，不是原本就没走心，就是傻到忘了疼。

做自己的，就更不敢说后悔了，活的本就是一口与命运抗争的劲，一旦后悔，就直接否定了自己的本心。但，终有一天，当意识到明明白白地活并不能让生命高贵多少、广阔多少的时候，意识到与其纵情燃烧不如苟延残喘的时候，意识到度过这一生的最佳方式竟是难得糊涂的时候，意识到自己命途多舛，让自己失去了原有的一切的时候，总会在多年后的又一个平凡的夜晚，对当初许下做自己的同一片夜空，流露出后悔的神色，对吧？

唉，可惜的是，不对。

做自己的人是不会后悔的。前面说过了的，做自己的人，除了做自己再不会别的了，这是一种能力上的缺失。做自己的人，虽然常常会在夜深人静时嘲笑自己的一意孤行，却会在每一个清晨睁眼的那一刻，再一次下定决心，重新踏上做自己的那条道路。因为他们坚信，在那条道路的终点，有一道能让他们彻底推翻众人的，能为自己正名的光。

那位做自己的歌手在翻唱《灯塔》之前，还说了另外一句话。她说她现在真真切切地认为，再怎么样去孤芳自赏，她是孤单的，她想与人接近，她想她的音乐与人接近。我一开始以为她说的是冠冕堂皇的客套话，毕竟做自己的人是不会轻易妥协的。直到《灯塔》的伴奏一起，她一开嗓，我才明白，原来她说的是真的，她已经在属于她的那条做自己的道路上，走完了全程——当她唱到"突然领悟，铭心刻骨，勇敢地放声痛哭"时，她双眼含泪，不断点头，像是赎罪一般，紧紧按住了胸口。

那是她在为终于走到了做自己的终点，喜极而泣的样子。

而她等来的，并不是那一道光。

332　朴树在沉寂了将近十年后，带着《平凡之路》重新出道了。他被记者问过这样一个问题："作家弗朗索瓦兹·萨冈在其作品《肩后》中曾说，精神健康状况欠佳，都是野心造成的，你认同这个说法吗？"这个问题尖锐得吓了我一跳，但朴树的回答更是坦诚得吓了我一跳。朴树说他非常认同，他说文艺是个化合产物，里面有特美好的感情，也有欲望和名利心。

我当然知道，他就只能说到这里，点到为止了。

我斗胆替他说下去吧。

做自己的人，也是一样。做自己从来都不是一件纯粹的事情。除了欲望和名利心，做自己的人还需要在做自己时，让世人都能够倾听和认同他们心中的"自己"。做自己，从来都是一种独裁般的野心，一种既要随心所欲地活着和表达自我，又要世人为其所表达的自我摇旗呐喊的野心。

这道野心因为将自己放大了无数倍而愈加不切实际。而这份不切实际所导致的命中注定的挫败，所产生的愤怒和迷茫，就是做自己的人为宿命带来的第一个苦难。那位翻唱《灯塔》的歌手一定也经历过这种苦难。我虽然不知道她从参加歌唱比赛出道到再次参加歌唱比赛的这八年中，到底发生过什么，但我知道愤怒和迷茫对她来说是如影随形的，而这种愤怒和迷茫的终点，就是她对自我的怀疑和否定，而这就是做自己的人，为宿命带来的第二个苦难。她说她有段时间为了让更多人认同，为了拥有更多的歌迷和粉丝，做出过妥协：她嘲笑过去说的那句"你们爱听什么，我就唱什么呗"，语气里充满了对当年的不满与不屑，因为她自始至终都没有真正妥协过。这就是做自己的人，为宿命带来的第三个苦难。一种伪装成妥协的消极抵抗。这种消极抵抗，将会一点一点耗尽那些做自己的人的最后一丝力量。

这就是那条做自己的道路的尽头。等候在终点的，并不是那一道能让他们彻底推翻众人的、能为自己正名的光，而是一直支撑他们做自己的，那个早已被他们自己神话了的，自己的死。

这就是做自己的全部答案，是《平凡之路》的全部答案，也是突然领悟，铭心刻骨，勇敢地放声痛哭的全部答案。这是每一个做自己的人都无法选择和避免的宿命，一段必经消亡和复生的、重新认识真正的自己的宿命。而那位翻唱《灯塔》的歌手在唱台上双目含泪的样子，也并不是在惦念那个死去的自己，那是她在为她"自己"的死庆贺的样子。

因为在那之后，留下的，才是她真正的、纯粹的自己，一个洗尽铅华、返璞归真的自己。

　　在做自己的道路上，我当然还没有走到尽头，还未能迎来那个被自己神化的自己的消亡。但我能感觉到它越来越虚弱了。在我越来越不会对自己的想法深信不疑，在我越来越能接受世界和人心的多样，在我越来越能意识到自己只是自己的生活中很小的一个部分的时候，我知道它越来越虚弱了。虽然我不知道我心目中的自己什么时候才能真正死去，但我会等下去。我在等我的新生。

　　其实，一直在等的不是我，而是上天，她一直在等我回心转意。

后记

夜色真好

Postscript

最喜欢写后记了。

因为可以想到哪儿，写到哪儿。比方说我现在想停下笔去阳台，我就可以停下笔去阳台。那么，请稍等一会儿吧……让各位久等了，刚去阳台欣赏了一会儿夜色。夜色一如既往地好，不在意我有没有欣赏。

瞧，我的后记连这么无聊的事都可以写进来，但这对我来说并不无聊。在夜色很好的时候，能够感知和欣赏夜色很好，对我来说一点都不无聊。

这就是自由了吧。

我这辈子大概是无法停止向往自由了。当然啦，我所谓的自由不是哲学上下了绝对定义的那种，也不是诗歌里有着唯美指代的那种，自由这个词在我这儿，很小。有多小呢，这么说吧，如果把自由比作天地间，我在乎的并不是能不能飞，而是我买的机票会不会廉价到让我的座位容不下腿。

我向往的自由就是这么小，说白了就是自在。

这当然不完全等同于我想要高档的生活。在某个阶段，自在和高档可能是重合的，但也会有岔开的时候。好比说我搬家时换的沙发，是塞满了棉花的，是看了就想一头栽进去和友人喝酒、聊天、打游戏，和恋人依偎在一起看电视的超温柔软沙发，而不是纯用名贵木料打造的，十分钟就能把屁股坐疼的那种观赏性硬沙发——显然嘛，后者要更破费。

我想要的生活，我想要的人，我想要做的事，都像这样。跟世人赋予它什么价值、认为它属于什么档次关系不大，跟它本身什么模样关系也不大，唯一有关系的是，选择这些，我是否自在。对搞文艺工作的，被认为应该追寻终极意义的人来说，这就挺没出息的了。可我乐意。我愿意为之努力的，不论物质还是精神上的，都有且只有这一个目的。

尽管这并不是我最终的目的。

在所从事的行业方面，很庆幸我已经能够做到自在了。自从我放下手中的《模拟电路》决定退学那一刻起，再无纠结。我从事写作这个行当，仅就是因为我喜欢。写出满意的文字，在让我快乐的事物里是排首位的。我很难形容到底有多快乐，也很难解释为什么会快乐，感觉挺莫名其妙的。

不过，喜欢不就是莫名其妙的吗？有人莫名喜欢蛋糕，有人莫名喜欢 Beyond 乐队[1]，有人莫名喜欢夜色，有人莫名喜欢你。

关于我所认定的朋友，也很庆幸每一位都很让我自在。我早早就退

[1]中国香港摇滚乐队。

了学，也没坐过多久班，所以他们并不是环境强塞给我、日久生情出来的，而是我们在命运的各个角落里互相挑拣、互相指认出来的。我在文章里说两情相悦的，要好过境遇安排的，就是这个意思。这个过程可以很长，长到十年换得一日，也可以很短，短到一句顶一万句。这无所谓。但必经历彻夜长谈，而且会因想法一致，隔几分钟就忍不住握手来以示相见恨晚的。

我说他们让我自在，是因为他们让我确信，我的"族人"仍存活于世。

其实我明白，能从事喜欢的行业，能留喜欢的人在身边，跟我的努力是没有多少关系的，这种自在是老天爷赏给我的运。但我烦就烦在自己是个没够的人，我最终的那个目的，需要我在各方面都自在舒坦。

我知道这很难，而且我发现，这越来越难。相当于万事如意啊，朋友们。如果随随便便就能万事如意，那谁还来转发锦鲤。不过，介于我的没出息，我所谓的万事如意也没有那么奢侈，并不是想干什么就干什么。

而是不想干什么，就不干什么。

这是我在终觉活错了的那一刻意识到的。那段日子有多长？大概也就前半生吧。前半生的我误以为自己想成为会说话的人：和善，世故，面面俱到，八面玲珑。当然，我求的并不是黑白两道皆有人罩，现在想来，求的或许是讨人喜欢。至于为什么把讨人喜欢当回事，八成是小时候看多了电视剧，所以会非常羡慕那些能哄得长辈们哈哈大笑、直夸他懂事的男孩吧。

为此，我努力了许多年。效果自然也是有的，从惨不忍睹到面面相觑，到勉强过得去，再到会给部分人留下不错的印象。但我不得不承认，有些事是我终究学不会的：我虽能学会强颜欢笑，却永远学不会一笑了之。

同样的话，由那些我曾羡慕过的、聪慧而宽容的人嘴里说出来，或许就是真心的，也或许是真不用往心里去的，可到了木讷而较真的我这儿，就是堂而皇之的谎言了。说严重了可能还得算出卖灵魂。那些违心的话语和笑容，过后想起简直能要了我的命。

于是，我终于还是在某个不经意的时刻，决定不这样了。因为我终究不是这样的人，终究不喜欢这样的我，因为这样对我来说，终究是太累了。也是在那一刻，我明白我所追求的万事自在，代价是什么了……

永不违背自己的意愿。

在我理想的生活里，不想说话就可以不说话，不想笑就可以不笑。在我更理想的生活里，不想见的人，就可以不见。要做到这些，只做自己愿意做的事情，只和自己在乎的人在一起，只过自己想要过的生活，是远远不够的。

永不违背自己的意愿，还意味着要无所不用其极地强大起来，强大到让自己不喜欢的一切，近不了自己的身。

我称这是理想生活，显然我目前的生活还不那么理想。我的脸上依旧残留着些许假笑，我的言语依旧选择了趋向妥协。但相比之前，我算是好多了。我已经能够温和地拒绝很多自称是贵人但烦扰到我的人了，也已经有底气去拒绝很多虽然会带来利益但我不认同的事了。

我知道在一些人眼中，这样很笨，但我笨得自然得体，舒坦安心。

　　我也知道这样并不讨人喜欢，但我干吗要讨我本身就无所谓的人喜欢呢。人的好都是有限的，我一生只想把自己的好留给那么几个我认为真正珍贵的人，和那么几个真正认为我珍贵的人。

　　就这一点上，我觉得我挺不笨的。

　　唯一让曾经的我担心的是，会不会因此失去和错过一些机会。唉，后来才知道，失去和错过这档子事，其实本身是不会发生的，那是平行宇宙被证明之后才该出现的字眼——在另一个世界得到了，在另一个世界抓住了，在这个没有得到和抓住的世界里，才有失去和错过。不然的话，就都是注定的。

　　这种字眼依然存在，那是因为什么都想要的人啊，太多了。

　　当然，这也是在我挺过了那么些活错了的日子之后才能看开的。那些日子带给我唯一的好处，就是让我明白了很多我本身并不想明白的道理。不过，尽管是被迫的，但明白之后就会发现，还好，明白了。

　　明白了人生很长，长到违心逆意哄骗了世事，却还有大把时间来等待终觉不值的那一天；明白了人生很短，短到一生算计以为揽住了未来，未来却不过地老天荒随手拨弄的那一瞬；明白了世界很大，大到并非凡事都值得费力，也并非所有人都值得友好；明白了世界很小，小到除过周遭几个人与你同在，其余都在世界之外，相视一笑即知不是同类，匆匆而过连肩都不用擦。

　　当然，我不可否认，还是会有人觉得这样太任性。他们会问，若万事万物都只求自在，若一切都不违背自己的意愿，那人和动物有什么区别?

　　其实我以前也喜欢做这样的反驳，也曾为"人如果没有梦想和咸鱼有什么区别"这种非得证明人和他物不一样的言论恍然过。这样的句子还有很多。小津安二郎就曾说，高兴了就又跑又跳，悲伤了就又哭又喊，那是上野动物园猴子干的事。笑在脸上，哭在心里，说出心里相反的言语，做出心里相反的脸色，这就是人，看不透。

　　我不知道是因为年纪大了还是脸皮厚了，现在再听到这种句子，我首先想到的是，为什么要有区别，猴……不好吗？要非得活成小津安二郎说的那样才有资格当人，那我还是安心去当个猴算了。

　　可惜的是，我这辈子已经是人了，既然为人，总还是要站在人的立场上为人说几句话的：人和动物或许还是有区别的。比方说同样是求万事自在，我所求的或许就比动物所求的，多那么一个理由：

　　我为夜色很好，为在夜色很好的时候，能感知和欣赏夜色很好。

　　说过了的，这对我来说并不无聊，拥有万事自在带给我的闲情逸致，去时刻感知和欣赏万物，这就是我最终的目的。

　　我求的是在阳光灿烂的日子里，能够意识到阳光灿烂，一个动心便放下手中的工作，带着家狗去郊外。因为对我来说，那一刻最重要的不是工作，而是坐在草丛间，听万物生长。我求的是在月色明朗的日子里，能够意识到月色明朗。一旦想停便停下身边的生活，陪着恋人去山顶。因为对我来说，那一刻最重要的不是早点休息明天有事，而是呆呆地望着月亮，听同样呆呆地望着月亮的恋人说一句，这样真好。

　　我求的是解决了现实之后，永远凌驾于现实之上的不切实际。求的是当天地万物骚动之时，我有足够自在去铆着劲欣赏。当滚滚红尘动情一刻，我有足够自在去往死里感受。尤其当生命不经意间流露出光辉与美好，我有足够时间去浪费，有足够情怀去捕捉，有足够成本去追随。我求的是在我有生之年，能够时刻感知与我生命共融的那一段动人心魄的万物和你——为秋水共长天一色的刹那，同心潮澎湃，为金风玉露一相逢的瞬间，同热泪盈眶。

　　如果无法体会这些，那人和动物，有什么区别？

飞行官小北

2015 年 6 月 4 日·札幌

Everything is as touching as you

万物
和你一样动人

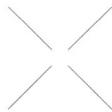

图书在版编目（CIP）数据

万物和你一样动人 / 飞行官小北著 . -- 长沙：湖南文艺出版社，2017.1
ISBN 978-7-5404-7858-2

Ⅰ . ①万… Ⅱ . ①飞… Ⅲ . ①散文集 - 中国 - 当代 Ⅳ . ① I267

中国版本图书馆 CIP 数据核字（2016）第 278382 号

上架建议：畅销·文学

WANWU HE NI YIYANG DONGREN
万物和你一样动人

作　　者：飞行官小北
出 版 人：曾赛丰
责任编辑：薛　健　刘诗哲
监　　制：蔡明菲　潘　良
特约策划：西　离
特约监制：董晓磊
文案编辑：刘　筝
营销编辑：李　群　张锦涵
封面设计：壹诺设计
版式设计：李　洁
出版发行：湖南文艺出版社
　　　　　（长沙市雨花区东二环一段 508 号 邮编：410014）
网　　址：www.hnwy.net
印　　刷：北京尚唐印刷包装有限公司
经　　销：新华书店
开　　本：880mm×1270mm　1/32
字　　数：244 千字
印　　张：11.25
版　　次：2017 年 1 月第 1 版
印　　次：2017 年 1 月第 1 次印刷
书　　号：ISBN 978-7-5404-7858-2
定　　价：39.80 元

质量监督电话：010-59096394
团购电话：010-59320018

上架建议：畅销·文学

ISBN 978-7-5404-7858-2

博集天卷
CS·BOOKY

9 787540 478582 >

定价：39.80元